講談社文庫

ナマコ

椎名 誠

JN166370

講談社

目次

ナマコ

この小説はたいしたことはおきないけれど実話をベースにしている。それがどうした——と言われると困るのだけれど……。

著者

わしらは北へコンブを探しに

新宿にある「呑々《どんどん》」は私のいきつけの居酒屋である。新宿といっても大通りからだいぶ奥まっていて、この街にまだよくこんな店や家が！　と思うような地味な商店や住宅などがひっそりと混在したところにある。したがっていわゆる〝フリ〟のサラリーマンや学生などは滅多にやってこない。

静かというか、はやらないというか、クロウトっぽいというか。

特徴的なのはその通りを少し行ったあたりにラブホテル街があり、ときおりそこを利用した、あるいはこれから利用するとおぼしき、微妙な組み合わせのカップルが結構〝いい客〟としてやってくることである。

こういう店で〝いい客〟というのは、

①基本的に静かで②結構いいものを注文し③短時間で去る。
という三原則を励行する客である。

もっともこの三原則は常連客の中で一番古株の大声のハリさんことタオル印刷会社の社長をしている針木さんが言っているだけなのだが。

ハリさんの言う、そのいい客三原則のまったく逆の、
①うるさくて②たいしたものを注文せず③いつまでもいる。
という迷惑三条項を励行しているのが、ハリさんをはじめとする我々常連客である。我々からいうと、その個人賞は圧倒的にハリさん本人になる。

店主の小田さんの奥さんがこの近辺にそこそこ土地を持っている素封家の娘だったので、「呑々」もこれまであまりあくせくしないでやってこられた。小さい店なのに使用人が二人もいるのはそのせいである。

けれど長い不況のなかでこういう地味な店はそのままでいるとじわじわと地味な土地の中に埋没してしまう、という危機感もあって昨年、大がかりな改装をして店の外側も中もすっかり綺麗になった。そして店が綺麗になっても相変わらずその店を占領しているのは我々常連客なのであった。

店主の小田さんは厨房をやっているが、結構本格的な季節料理とその味づくりにこ

だわる人なので時々奥さんに怒られている。

奥さんは普段は近くにある自宅にいるのだが、店の経理を握っている実質的な経営者だから、店主が魚などの仕入れに出て、高級料理店が出すような高い魚を買ってくるのが近頃どうも気にいらないようだ。

「うちみたいな店はほどほどのところをほどほどに出せばいいのよ」

と、客が常連ばかりのときは、はっきりそう言って怒っている。

「そんなことやってたらこの連中もうちに来なくなってしまうよ」

小田さんは感情的にならず、いつも笑ってそんな攻撃をしのいでいる。しかし小田さんは本気でそう思っているのではなく、いい材料をつかって旨い肴を作る、というのが趣味なのである。

だからこの店の経営は根本的なところで問題があるのだ。客席にいる我々はそのことをよく知っているだけにどっちのカタをもつ訳にもいかず、これからはカネに余裕のあるときはなるべくいい肴を注文しよう、などとひそひそ声で話したりしている。

この店の常連らで「呑々ガブリーズ」という草野球のチームを作っており、小田さんが監督である。酔っぱらいのおとっつぁんが主力のチームだから格別野球が上手でもチームが強いわけでもないが、曲がりなりにも汗と涙の闘魂スポーツで繋がっているのだから、結束力はきっぱり固い。自分たちのためにもこの店が元気でいてくれないと困るのである。

店が改装されてからは我々常連客も酒の肴に少し気を使うようになった。今日はタタミイワシがちょっとだけほしい、というような日でも、黒板に書かれている〝今日のおすすめ〟にある品物を冷静に吟味する必要がある。その中には小田さんが季節ごとにこだわってわざわざ仕入れているものがかならずあるからそれを見つけて注文するのだ。

今週末は九州の屋久島から空輸で直接届けられた首折れサバだった。実際このサバはそこらのサバと全然違ってもの凄くうまい。

私はビールの飲み過ぎで、飲み物、食べ物に注意しないと痛風になる可能性がある、と医者からいわれていて、その関係で青魚はあまり食べないほうがいいのだが、立場と状況を考えるとそんなことは言っていられない。

それに首折れサバは絶対にうまいのだ。私はサバとカツオに目がない。

小田さんは刺し身などを注文すると〝店の経済〟など度外視して〝どん〟と大量に盛ってよこす。そいつを前に、一人では多すぎるなあ、などと思っているとたいてい草野球仲間の常連が顔を出す。だから結果的にはいつも大きな問題はない。すなわち誰が最初にきて注文しておくか、という程度の問題なのである。

昨年の「呑々」の改装工事中に私は小田さんと一緒に北海道の旅をした。私は取材の仕事があり、小田さんがたまたまそれにつきあった、というだけの旅だったが、その時の旅が小田さんにとっては大層面白かったようで、その年の六月の終わり頃に今度は小田さんが北海道の旅の話を持ちかけてきた。

目的は「仕入れ」である。この前の旅の時に利尻島と礼文島にいき、そこで島の漁師にコンブを貰った。形が悪くて商品にならないコンブであったが、一抱えもある大きな束を貰ったのだ。それで大変いい味がつくれたので、小田さんは以来すっかり北海道のコンブに惚れ込んでしまった。

そこでおいしいコンブを恒常的に送ってもらえるところを捜しにいきたい、と言い出した。まあほかにも小田さんの趣味のうちで何か気のきいた食材を捜そうという目的もあるのだろう。

「旅は道連れというじゃないか。今度は私のそのコンブ旅につきあわないかい」

ある日、店に顔を出すと小田さんが急にそんなことを言ってきたのだ。

「あれからいろいろ本を読んで調べたんだけどね。コンブは思ってた以上にえらく体にいいんだねえ。ミネラルとビタミンは申し分ない。それにたんぱく質とグルタミン酸にアスパラギン酸。それらは血中コレステロールを減らし、血圧を下げ、神経や心臓や腎臓にもいいんだよ。まさに我々呑みすぎでストレスの溜まった中年にぴったりの食べ物なんだなあ」

そのようなことを小田さんが持ち前のゆっくりした口調でいうと実に説得力があり、いますぐコンブを大皿に山盛り注文してバリバリ食いたい、という気持になってくる。

しかし、コンブといわれて我々の頭に浮かぶコンブを使った料理にあまり明確なものはない。まあせいぜいおでんのコンブかお正月の昆布巻きか小さな細長い箱に入った都こんぶか――。

小田さんに聞くと、あの北海道の旅土産のコンブは店のお吸い物の出汁《だし》や白身魚のコンブ〆としてみんなの口に入ったそうだが、それらを口にしている時に「これがあのときの……」という実感はなかった。

「おいしい味のしたじづくり、というのがコンブの役目だからそんなもんなんだよ。まあ私の人生みたいなもんかなあ」

などと小田さんは冗談めかして、でも結構本気でそんなことを言っているのである。

モノ書きの私は基本的に時間は自由である。それからまた基本的に常に好奇心に満ちている。

どこかに旅に出ると必ずなにか予期しないような面白い出来事に出会うことが多く、それが目下の私の旅の楽しみである。

とくに自分にはっきりした目的というのがなくてもそれを通して小説やエッセイを書くきっかけになったりするのでどんなものでも旅は魅力的なのだ。

そこで小田さんの「うまいコンブさがし旅」に同行することにした。

「マスターと一緒に旅に出るよ。また北海道だ。マスターはうまいものの仕入れ。私はその見届け人」

話がきまった翌日にその日店にきていたハリさんや整体師のまっちゃん、定年退職した小栗さんなどに一応そのように報告した。

「おっ、いいなあ」

まっさきに単純に反応したのがまっちゃんだった。

「しかしそのあいだのこの店の肴づくりはどうなるの？」

常連の中でもとびきり味にこだわる小栗さんが不安げに言った。

「大丈夫。こういう時のための〝中継ぎ〟の勝負球が用意してあるのさ」

小田さんが得たりとばかり言った。

「ショーちゃんかよ。だいじょうぶなのあいつ」

あいつといわれている本人がまっちゃんの目の前で笑っている。ショーちゃんというのは二年前からこの店に来ている板前修業中の赤毛の昭一である。この頃は小田さんに結構いくつかの料理をまかされている。小田さんの奥さんの親類筋でもあり、ショーちゃんを一人前にするのが小田さんの役目でもあった。

「こんなふうに私がちょっと二、三日出かけてそっくり責任を負わせたほうが早く上達するもんなんだよ」

「だいじょうぶかなあ。ハンバーグかなんか出してきたらオレ二度とこの店にこないからな」

「おお、それじゃ昭一、酔ってまっちゃんがあまりうるさかったらすぐにハンバーグのW大盛りを出してやれ」

小田さんが言った。

そして結局まあ、そういう簡単な引き継ぎのもと、しばしの二人旅がはじまったのだ。

ところで今度の旅が単なる趣味のコンブ捜し、というのでは小田さんの奥さんは納得しなかっただろうが、小田さんはうまい理由を思いついていた。

北海道の斜里《しゃり》に小田さんが修業時代の友人がいてもう二十年ほど会っていない。その友人が先年、肺ガンを患っているということがわかったが、空気のいいところにいるせいか進行が遅く、なんとかいまのところは普通にやっている。お互いもういい年だし、普通に話ができるうちに会っておきたい、などということをいきなり言いだしたのである。

そういう事情となれば奥さんも小田さんを送りださざるを得ない。

八月のはじめに小田さんと私は結構贅沢《ぜいたく》に一週間分の旅支度をして羽田空港で待ち合わせた。

その年東京は八月になっても雨の日が多く、どうもまだ梅雨がすっかりあがっていないような案配で、新聞やテレビは十数年ぶりの冷夏の可能性をしきりに騒ぎはじめていた。

「このぶんでは北海道は寒いかもしれないねえ」

なんだかキヲツケをすると似合いそうな、ぱりぱりにノリのついた白い開襟シャツを着た小田さんが冷夏のことを大きく書いている新聞の記事を指さしながら言った。

「なにかその上に着るようなものは持ってこなかったんですか？」

「そうだねえ。考えてみるとみんな半袖しかないなあ」

「まあ、我慢がならないくらいの寒さだったら向こうのスーパーでちょっとした上着か何か買うという手がありますね」

「まあそうだけれどね。でもいまいましいじゃないか。八月なんだもの」

そう言われても寒くしているのは私のせいではないからいまのところしょうがない。

冷夏気配でも夏休みだからなのだろう、飛行機の客は一杯だった。十日ほど前に飛行機の予約をしたのは私だったが驚いたことに東京から女満別《めまんべつ》までの直行便があったのだ。

「北海道といってもだいぶはずれの場所だから飛行機は乗り継ぎかなにかじゃないと行けないのかと思ったらまっすぐ行けるのがあるんだね」

小田さんもそれを聞いて驚いている。

二十数年前、小田さんがその友人を訪ねたときは札幌から列車を乗り継いで行ったのだという。

「花が綺麗でね。列車の中からお花畑のようなところを走っていくのでよく見えたよ」

それを聞いて機内にサービスで置いてある雑誌に出ている日本地図を見たのだが、おそらく釧網本線《せんもう》だろうと思った。

けれど今度の我々の旅はレンタカーを使うことになっていた。そのために免許証を忘れずに持ってきてある。小田さんが運転をするのかどうかはっきり聞いていなかったが、いままで「呑々ガブリーズ」の試合で地方に遠征するとき、小田さんが車を運転している姿を見たこともなかったし、車の話をしたこともなかったから多分乗らないのだろう。

しかしその割にはもう最初から「空港からレンタカーで行きましょう」と小田さんは一方的に決めていた。私が免許証を持っているからいいが、小田さんからそのことを確かめられたわけではない。私が車に乗らなかったらどうするつもりなのだろう、とフと思ったが、とりあえず成り行きのままにしていた。

機内の雑誌や新聞を読んだり、居眠りをしているうちに飛行機はたいして揺れるわけでもなく、しかも三分ほどの遅れでなんのこともなく、よく晴れた女満別空港に着陸した。

飛行機の外に出たらもう北国の夏の空の下なのだ。

ここしばらく自宅の書斎にこもっていることが多かったので、私は久しぶりに秘かに興奮していた。やはり旅はいい。そうしてその旅もこんなふうに人まかせの、たいしてあてのない旅であることがいい。


空港を出るとすぐにレンタカーのカウンターに向かった。こういう小さな空港は便利なもので、レンタカーのカウンターに申し込んで迎えの車を待つ、などという必要はなく、会社は空港の真向かいにあるので、空港ロビーにあるレンタカー会社のカウンターはその場所を案内するだけの用しかないようだった。空港前の駐車場をまっすぐ突っ切るようにしてその会社に行った。

運転免許証をだして簡単な書類に必要事項を記入し、外に出ると予約した車がすでに用意されている。早い早い。ずっと以前、ロシアで車を借りるときに手続きやその確認や借りる車の点検、給油などの作業で二時間ほども待たされていたことを思いだした。

「それじゃ、久しぶりだから私が運転しようかね」

後部座席に自分の荷物を放り込むと、小田さんがひょいと身軽に運転席に乗り込んだ。

「あれ？　小田さんは運転をやったんでしたか？」

「あんた、いまどきの娘みたいにおかしな過去形を使うねえ」

バックミラーなど直しながら小田さんは笑っている。

「おかしな過去形というと？」

「レストランなんかでよく言っているじゃないかね。『お客さんオムライスひとつでよろしかったですか？』なんて」

そうそう、あの言い方がヘンでしょうがないと私も思っていた。しかしそんな子供の喋りと一緒にされちゃうんじゃ情けない。

「昔はねえ、家に小型トラックがあったもんだからいつもそれに乗ってぶっとばしていたもんだよ」

「へえ、初めて聞く話ですよ。小田さんとクルマをぶっ飛ばす、というのが結びつかなかったなあ」

「人にはいろんな歴史があるんですよ。私はこういうひろびろとしていて渋滞のないところに来ると運転したくなるんです。東京やその周辺じゃ助手席にも座りたくないけれどね。だけど大きくて広い場所に行くと昔を思いだしてこうして車を飛ばしたくなる。これから行く川島兄弟らとは若い頃にヨーロッパを旅行してみんなで交代しながら何日も寝ずにブイブイ飛ばしたもんですよ。それでまあ今回北海道に行きたいと思ったのは久しぶりにこうしてハンドルを握ろうかな、という思いもあったからなんだ」

思いがけないことに小田さんの口から「ブイブイ」なんて言葉が出てきてびっくりしているうちに、なるほど流暢なハンドルさばきで殆どヒトの姿も車の影もない真っすぐな道路に出ていた。

「今の車は全部自動だからそのへんが面白くないねえ」

ぐいとアクセルを踏み込んで小田さんは言った。この前一緒に北海道を旅した時は二つの島に行き、あとは列車の旅だったからレンタカーは必要なかった。だからこんな話も出なかったのだ。

なるほど、もしかするとこの旅は小田さんのストレス発散、ということも兼ねているのかもしれないなあ、小田さんといったら新宿の居酒屋人生しか知らなかったし、小田さんもそれまでの人生の歩みを自分で話す、ということもなかった。考えてみると、地主の娘と結婚して、そこからの包丁人生しか私は知らないのだ。

目の前にいかにもこれが北海道だ!　というような、真っすぐの道が続いている。

とりあえず目的の斜里を目指すことにした。道は単純である。とにかくどんどん行くことにした。地図を見ながら私は言った。

「ずっとまっすぐ進んでいくと小田さんが以前列車で通ったというオホーツク海沿いのお花畑のあたりをとおることになりますよ。トーフツ湖があってその湖と海の間に花畑があるようです」

「やっぱりそうか。懐かしいもんだなあ。あれはもう二十年ぐらい前になるかなあ」

「その時も川島さんに会いにいったんですか?」

「そうだね。彼が都会の夢破れて国にかえって間もない頃だったからなあ」

「都会の夢って何だったんですか?」

「役者になることだったんだよ。あの頃はアングラの芝居が流行《はや》っていて、川島君は新宿の小さな劇団で、まあちょっとした売れない脇役をやっていた」

「ちょっとした、というのと、売れない、というのがマッチしてないですよ」

「ああそうか。まあもともと無理があったんだよ。彼は斜里の網元の息子で、親戚はみんな根っからの漁師ばかりだからね。浮き草稼業の役者とは相容れないところがあったからなあ。だから親父からは勘当同然だったんじゃないかな。今頃勘当なんてのは流行らないけれど、そういう言葉がちゃんと使えた最後の頃の世代かもしれないねえ」

北海道も冷夏なのだろうけれど、ひろびろとした畑には麦なのかトウモロコシなのかよくわからない作物がもう全面的に黄ばんだ色になっている。相変わらず人の姿は見えず、ときおり何台かの車と連続してすれ違う程度だ。

道の右側に湖が見えてきた。そのまわりに放牧されているらしい馬の姿が見える。いよいよ北海道らしくなってきた。道の左はちょっとした斜面が続いていて、緑色のなかにときおり薄紫色の花のようなものが見える。

「ハマナスの花だよ。やっぱりここにも夏はちゃんと来ているんだな。あの丘の向こう側にたしかオホーツク海が広がっている筈だ」

小田さんの声が弾んでいた。

コノワタは黄金のくねくねだ

結局空港から知床斜里の駅前まで小田さんが一人で運転していった。おかげで私は助手席のリクライニングシートをいい具合に傾けて夏の北海道の広々とした空や、遠くゆるやかにうねる相変わらず麦畑なのかトウモロコシ畑なのかうまく判別のつかない、しかしどちらにしても豊かな風景をずっと気分よく楽しんでいることができた。

やがて海の気配がしてきたな、と思っていたら幹線道路を右折していきなり知床斜里の駅があった。車だまりに一台の車もなかったから、列車の到着にはまだだいぶ時間があるようだ。

駐車スペースの真ん中に車をとめ、駅の公衆電話で小田さんは川島兄弟のうちの誰かに電話しているようであった。

北海道の駅もこんなに奥地まで来ると、列車がやってこない限り人の姿というものがないらしい。なにしろタクシー一台とまっていないのである。

手入れをしているんだかほったらかしてあるんだかわからない駅前花壇の縁石に腰を下ろし、私はよく晴れた空を見あげてまたもやぼんやりする。

駅前の角地がそっくり空き地になっていた。以前は何かの商店があったのだろう。敷地の区画にそのまま雑草が生え茂り、野良犬がそこを斜めに横切っていった。

斜里にくるのはこれで三度目ぐらいだろうか。以前の二回は冬で、どちらも知床の海岸べりでキャンプした。そのうちの一回は流氷を目の前にしたキャンプで三日ほど雪と氷の中にいた。

「じきにマサハルが迎えにくるよ」

電話の話がついたらしく小田さんが大きな声で言った。

「川島三兄弟のうちの真ん中ので名前は政治つうんだ」

「その人がちょっとした売れない脇役だった人？」

「いや、それは政治のお兄さんのほうね。彼もこれから行くところにいる筈ですよ」

小田さんが私と同じように花壇の縁石に腰を下ろした。

「いやそれにしてものどかなもんだねえ」

「のどかというか何もなくて調子が狂うというか」

「どっちが本当なんだろうかね」

小田さんが空など見あげながら言った。

「え？」

「いや、こういう最果ての、人の姿がまったくないような静かな駅前の午後と、私らのいる新宿のあのけたたましい人間だらけの町の午後とがさ。どっちが本当の日本なんだろうかな、なんて思ったんですよ」

「ふーん」

まあにわかにそんなことを言われても答えに困る。しかし黙っているのもナンだし、何かこしゃくなことでも言おうかなあ、などと思っているところにうまい具合に小型トラックがやってきた。運転しているのが政治君らしく小田さんの顔を見て「くくっ…」と声をだして笑っている。色の黒い、いかにも北の漁師然としたタフそうな男だった。

「早かったね」

「いま仕事場をこの近くにしてるんですよ。だからここまで五分もあれば十分なんだ」

「この人が川島政治君」

小田さんが早速紹介してくれた。

「ちょうど今兄たちが同じところで仕事してるからこの車のあとついて来てください」

政治君は元気のいい声で言った。

車を回して政治君のあとについていくとき、さっき空き地を斜めに横切っていった野良犬がほぼ同じコースを帰っていくところだった。もっともその野良犬がこの駅のあたりをねぐらにしているのだったらそいつは「帰るんじゃなくてまた町のほうへ出掛けていくところなんだぜ」と言うかも知れないが、とりあえず確かめようがない。どっちにしてもこの駅前にきて十分ほどの間に出会ったのはその野良犬と政治君だけ、ということになる。

きれいに舗装された大きな通りの左右に店が並んでいるが殆どシャッターを下ろしているので町に出ても森閑とした気配は変わらなかった。

「閉まっている店ばっかりだねえ」

同じことを思ったらしく小田さんが言った。

「今は全国の地方の町の風景はみんなこんなふうらしいですよ」

「郊外にできた大型スーパーが客を持っていっちゃうらしいね。こういう古い町の道路際の店は駐車場がないので対抗できないらしいよ。もっともこの町ぐらい小さくなると近くに大型のスーパーもないようだけどなあ」

さすが商売人である。そんなことまで気になるようであった。

なるほど五分ほどで前を行く政治君の小型トラックは大通りから折れて住宅地の一角に入ったところでとまった。

二階建てのスレートぶきの屋根に波形の壁材で覆った工場のようなものがあり、屋根の上から煙か蒸気のようなものが吹き流れていた。その工場の前のちょっとした広場に物干し台のようなものが沢山並んでいる。

車のとまった音を聞いて男と女が数人、工場のような建物から出てきた。

「なるほどみんな揃ってますよ」

車から降りながら小田さんが言った。

待っていたのは長男の川島安広、三男の啓市、それに長男の奥さんと使用人の一人であった。

「おお。よくきたなあ。ずいぶんしばらくだよなあ。楽しみに待っていたんだよお」

長男の安広さんが本当に嬉しそうに顔をくしゃくしゃにしながら言った。

「この人がちょっとした売れない脇役のヒトだよ」

小田さんは私にそう言った。久しぶりの再会が嬉しいらしく、二人は欧米映画の一場面のように軽く抱擁し、互いに相手の背中を叩き合った。日本人はめったにやらないが、こうして見ているとそんな男同士の再会の喜びかたというのもなかなかいいものである。

「工場なのでお茶もだせなくてすいませんねえ」

奥さんが頭を下げる。

「いや、いいんですよ。我々お茶よりもあとでもっといいものをぐわっとしこたまやりますから」

小田さんはそう言って「我々」というところで隣に立っている私の肩を叩いた。

「紹介します。この人はうちのお客でちょっとした売れないモノカキ。暇だっていうんで一緒につれて来ました」

「どうぞよろしく」

私は頭を下げる。

いい感じの風が流れていた。

まずは三兄弟の仕事を見せてもらうことにした。小田さんも私もまったくその段階まで知らなかったのだが、三兄弟は今はコンブ漁はやめていてナマコに取り組んでいるというのである。

工場の中はボイラーがあって暑かった。大きなステンレスの容器の中に生きたナマコが沢山いる。

このあたりで捕れるのはマナマコという二、三十センチのトゲトゲの鋭いなかなかいい形をしたいかにも身持ちのしっかりしたナマコであった。南の海でよく転がっているとらえどころのないぐにゃりぐにゃりとしたナマコ感というものがなく、冷たい北の海に住むナマコはさすがにきちっとしまっているように見えた。凛々《りり》しいと言ってもいい。

「これでナマコというのはいろいろな形をしていましてね、特にこのあたりのナマコはトゲがしっかりしている。このトゲが全体にきちっとしっかりしているのはイボダチがいいといって、珍重されるんです」

政治君がけっこう力を込めて解説してくれた。

「イボダチねえ」

小田さんが感服したような口調でいう。

「このナマコをどうするんですか？」

一気に興味がまして私が聞いた。

「乾燥ナマコにする仕事をしてるんですよ。今あそこでしきりに蒸気が出ているのはこれを煮ているところです。煮るとナマコはどんどん小さくなっていくの。ナマコの成分は殆ど水ですからね。煮て干すとこの三十センチぐらいのナマコが五、六センチぐらいのものになってしまうんです」

棚の上から政治君は完成品らしいのを取り出して見せてくれた。なるほどまだ全体にナマコの形は残しているがすっかり乾いていてナマコのミイラと形容するのに相応《ふさわ》しい。食べる時はこれを水で戻すのだが、不思議なことに元のナマコよりも大きくなってしまうという。伸縮自在、移送簡便。

「このナマコのミイラをどこへ売るの？」

小田さんも同じように思ったらしくそんな質問をしていた。

「それがねえ。ほんの五、六年前は想像もつかなかったんだけど、このあたりのナマコは中国料理に丁度ぴったりするらしいですよ」

「中国料理？」

「本格的な中国料理の店にいくとわりとよくメニューにあるじゃないですか。ナマコ入りの料理」

なるほど。じわじわと思い出してきていた。そうだ。ナントカ飯店などという大きな中華料理の店にいくとナマコ料理がたしかにメニューに沢山並んでいる。そうしてそれらのナマコはみんなほんわりして柔らかくてなかなかいい味を出している、ということも思い出してきた。私がそのことを言うと政治君は嬉しそうに頷いた。

「そうなんです。だからぼくんとこの仕事の相手は中国なんです。勿論その間に日本の仲買が入ってますが、昨年は香港から直接買い付けの人が十人ほどもきて一年間で一トン欲しいと言ってました」

「一トン？」

「ええ。でも完成品はこんなものでしょ。とても一トンは作れなくて五百キロがやっとでした」

「ふうん。それじゃあ政治君のところは今はえらく儲かっているんだねえ」

小田さんがつくづく感心した顔で言った。

「まあでも仕事がえらくきついですからね。効率も悪いし……」

政治君が少し首を斜めに傾げる。しかし否定しないところを見るとやっぱり儲かっているようだ。不漁話が多い日本の漁業に珍しく景気のいい話だ。

「コンブは駄目なの？」

「あれはもう過当競争だねえ。それに今年は異常気象でコンブが焼けちゃって質がおちたみたいだから結構大変ですよ。あの仕事は」

長男の安広さんが答える。彼は昨年までそのコンブ漁をやっていたのだ。

「コンブが焼けるって何？　日焼けするの」

「まあそんなようなものなんですね。潮がうまく流れないとそんな現象がおきるんです」

「なるほどねえ。時代は変わっていくんだね」

「ほんとうですよ。ナマコなんてほんの二、三年前までこのあたりじゃ海のゴミと言われていたんだもの。それが一躍新しい売り物ですよ。〝斜里のナマコ〟っていうと今や中国ではブランドもの、というんですからね」

「知らなかったなあ。じゃあやがて川島家はナマコ御殿と呼ばれるかも知れないね」

小田さんがからかっている。

「まだナマコの供給ルートが開拓された程度ですからね。それにこれから競争相手が沢山出てきそうだからどうなるかわかりませんよ」

政治君はいたって生真面目《きまじめ》な性格のようであった。

その夜の宿は安広さんが予約しておいてくれた。もっとも観光地でもないこの町の旅館はどこもがら空きで予約するというほどのこともないようだったが、駅前にあるその旅館の女主人が安広さんと小学校の同級生で、ずっと以前、結婚の話が生まれたのだそうだ。けれど相手は一人娘なので結婚の条件は婿に入ってくれということで、安広さんの父親が「俺の息子を婿などにはできない」と言って話はあっけなく壊れてしまったらしい。

川島兄弟の父親は網元で、ニシン漁がさかんな頃はこの町のいわゆる顔役でもあったようである。

夕食は三兄弟が町で一番おいしい寿司屋を紹介するという。じつはそれが一番気になっていたことであった。

「とびきりうまいのを頼みますよ」

小田さんが言った。

「わかりました。じゃあいっちょうイキのいいナマコ寿司をたっぷり用意しておきますから」

三男の啓市さんが言った。いまやナマコ寿司なんてのもあるのかと、一瞬驚いたが啓市さんの冗談のようであった。彼はあまり喋らなかったが絶えず我々の話をニコニコして聞いており、兄たちの親友との再会を同じように喜んでいるようであった。

宿は決まったし宴会の場所も決まった。しかし宿に入ってくつろぐにはまだあまりにも陽が高かった。

そこで政治君に聞くと、そこから三十分ほどのところにオッコノンコの温泉があるという。町営の温泉で宿泊設備もあるから、行ってみてその温泉が気にいったら明日はそこに泊まるようにしたらいい、兄貴の予約した駅前旅館はなにしろ古いというのだけが取り柄の宿だからちょっと心配なんですよ、と政治君が言うのである。

では、ということでその温泉に向かった。斜里から羅臼《らうす》にむかってとにかくまっすぐ行くと案内看板があるからそのとおり行けば着いてしまうという。なるほど気がついたら到着していた。

広い駐車場があり、高台にまだ建築して間もないような宿がある。我々の予約した知床斜里駅前の見るからに古びた旅館よりもこっちのほうが見たかんじ明るくていいようだ。それになにより温泉つきである。

一枚百五十円のタオルを買って温泉に入った。狭い湯船だが丁度いい熱さの温泉がこんこんと湧き出てきて、入ると不思議なことに体中がつるつるになる。

「いやはやいい温泉というのはいきなり効能が現れるもんだねえ」

温泉好きの小田さんが顔中で笑っている。今夜は仕方がないとしてもこれはぜひ明日からの宿にしましょう、と湯船の中で次の方針がすぐに決まった。どうやら客も殆どいないようである。

「発作的な旅というのはこれがあるからたまらないねえ」

二人でシアワセな顔をしながらフロントに宿泊の申し込みをしに行った。

四角い顔にいかつい体をした中年の男がフロントにいた。

「いやあなかなかいい温泉ですね。明日からの宿泊を予約したいんですが」

小田さんがいつものおだやかな口調で言った。

「部屋はないよ」

フロントの男は笑顔ひとつなく、無愛想かつブッキラボウにそう言った。

「え？　ひとつも空いてる部屋がないんですか？」

フロントの四角顔が黙って頷く。

「じゃ今日はどうなんです？」

森閑とした館内の気配からいって今日もこれが満室なんてことは絶対ないはずであ

った。そのあたりからこの四角顔の男は何かおそろしく偏屈な奴で、人生意地の悪さだけで生きている人間なのではないかと思えてきた。小田さんがおだやかに言っているのにそのひとつひとつの答え方がまるで喧嘩腰なのだ。いったいなんだこいつは。場合によったらこっちも黙っていないぞ。と、しだいにいきりたってきたが、どうも私はむかしから喧嘩早く、いろいろ損をしているからもう少し様子を見ることにした。

「でも見たところこんなにシンとしているし空いているみたいじゃないですか？」

小田さんはあくまでもおだやかに辛抱強い。

「これから大勢くるんですよ。このあたりの学校がね、合宿で借り切ってるの。しかも吹奏楽部。もし部屋空いてて泊まってもうるさくてたまんないよ」

四角顔はうんざりした顔でそう言った。なるほど、どうやら住み込みらしいこのフロントの男も、毎日の吹奏楽の練習音でへとへとになっているようであった。訳を聞けばけっして悪い男ではなかったのである。

そういうことならサヨウナラ、と積極的に諦めて駐車場に出ると、どこか野外での練習に行っていたのか大型バスに乗った高校生ぐらいの一群が駐車場に入ってくるところであった。このくらいの連中はただ口をあけて喋っているだけでも相当うるさいのにそこに一人ずつ楽器を持たせたら果してどんなことになるかわからない。

もしこの宿にまだ空いている部屋があって我々のような事情を知らない客が泊めてくれなどと言ってやってきたとき、本当に意地の悪いフロントだとそんな騒音楽団が泊まっていることなど一言も言わずに泊めてしまってあとでくくくっなどと笑っているこどもできたのである。あの四角顔のフロントは本当はいい人のようであった。


七時に斜里の目抜き通りにある寿司屋に行った。目抜き通りといっても相変わらずシャッターを下ろしたままの店が多いから夜になるとかえって寂しくなる。ところどころに明かりがついているのはカラオケバーのようであった。

寿司屋にはもう川島三兄弟が来ていた。生ビールでまずは乾杯。政治君が、

「これ気にいったらいいんだけど、おれらの親父がつくってるコノワタです」

そう言って海苔の佃煮が入っているような瓶を差し出した。

コノワタはナマコの腸である。酒飲みには珍味中の珍味の肴と言われている。少しクセがあるので駄目な人は駄目だが、筋金入りの酒飲みにこれを断る人はまずいない。

コノワタは太さ一ミリにも達しない細いものでナマコの全長よりいくらか長い。しかし一匹のナマコに一本の腸しか採れないからその手間も含めて貴重な高級肴なのである。

私はこのコノワタに目がない。

もともと私の好きな酒の肴のベストスリーは「ウニ・ホヤ・ナマコ」と節をつけるようにしていい続けてきた。

しかもこのコノワタはこのベストスリーのさらにその上をいく輝けスーパーゴールデンデラックススペシャルナンバーワンの肴、ということになるのである。

それがのっけからテーブルの上に出てきたのである。コノワタも新鮮なものほどうまいから目下の条件はこの上なし、ということになる。まず生ビールを一口飲んだあと、この珠玉のコノワタ様をひと箸口につまんだ。

ああ、至福。しかし、この黄金の旨さとその味の深さを的確に表現する言葉を私は知らない。

なんとかこの空気頭をかき回して言葉を捜し三日ぐらい呻吟《しんぎん》すればそんな文章の端っこぐらい見つかるかもしれないが、コノワタは三日もたつと味がガクンと落ちてしまうから今はそんなことをしている余裕はないのである。

「ああ、旨いです。本当にここまでやってきてよかった。生きていてよかった。しかしそれにしてもこんなにうまいナマ・コノワタをお父さんはどうやって作っているんですか？」

私は三兄弟に聞いた。

「私らが捕ってきたナマコを裂いてコノワタを取り出し、それを酒と醬油で一晩漬けておく、という程度のようですよ」

なるほどこういうのはあまり複雑に手をかけないで、できるだけシンプルにやったほうがうまいのだ。

小田さんはボタン海老が大好物のようで、プリプリした太いやつを五、六本自分の皿の上に置いて端っこのほうから片づけている。誰かが横から一本でもとろうとしたら「ウーッ」などといって嚙みつきそうである。

突撃ボタン海老

今のこの時期、斜里のあたりはたいした魚が捕れるわけではないし、観光ルートにあたるというわけでもないので町の中で唯一、といっていいくらい明るくて目立つその寿司屋にも他に客がいなかった。

各自生ビールをイキオイよく飲み干し、大皿いっぱいの刺し身や特別あつらえのボタン海老などをたっぷり食っている間にも他の客がやってくる気配はなかった。

久しぶりの旧友再会がよほど嬉しかったらしく小田さんは「呑々」にいる時よりも格段に早いピッチで呑んでいたが、さすが居酒屋の経営者らしく、いつまでたっても客が我々しかいないのを心配しはじめた。

「おい安広、大丈夫なのか。この店。さっきから誰も新しい客がこないじゃないの……」

　店主に聞こえるとまずいので声をひそめてはいるが、口調はこの川島三兄弟とよく会っていた若い頃のものに完全に戻っているようだった。

「まあしょうがないんですよ小田さん。この時期、斜里に用があってヨソから来ている人なんて殆どいないんだもの」

　三男の啓市君がやはりいくらか声をひそめて言った。

「いま時分この町にいるのはなんにも用がなくて来ているおれたちだけか？」

　小田さんが言い、みんなで笑った。

「いやそういう意味じゃなくて……」

「じゃあどういう意味があるんだよ。用がなくてここに居ると言ったらお前だってそうなんだぞ。おまえは自分だけは東京で踏ん張っていくんだ、って言って一番騒いでいたくせにどうしてなんにも用のないここに戻ってきたんだ！」

　ふいに安広さんの口調が変わったので私は少し驚いてしまった。長男の安広さんのしゃべり方はふざけてきつくなったというものではなくて、本当に長兄が末の弟に意見をしている、という口調だった。

　どうもまだはっきりとはわからないが三男の目下の立場にいささかの問題があるよ

うな気配だ。

「安広、よしなよ。せっかくみんなで久しぶりに呑んでるんだからそんな兄貴風、急に吹かせないでよ」

小田さんが一瞬硬直化しそうになったその場の空気を振り払うようにして言った。

「へいおまちどおさま！」

タイミングよく元気のいい声がして大皿に四、五匹のボタン海老が乗っているのが出てきた。小田さんがいつの間にかまた注文したらしい。

「ほんとにモッチャンはこれが好きなんだねえ」

安広さんがのけぞって喜んでいる。彼らの中で小田さんが若い頃モッチャンと呼ばれていた、ということを少し前に政治君から聞いたばかりだった。

さっきのボタン海老は小田さんが殆ど食べてしまったので、今度は安広さんや政治君も箸を伸ばした。

「あれえ？　あんたたちもそうやって進んで食べようとするの？　地元のものなんだから普段いくらでも食えるでしょうに」

小田さんがやや不服顔で言う。

「それがヨソの人がよく勘違いすることなんだなあ。こういうボタン海老のような貴重なものは金になるから漁師も漁協もみんなヨソに出してしまうんだわ。だから地元で手にいれられるのはこういう良心的な寿司屋さんや一部の高級料理屋さんとか旅館ぐらいなんだよ」

安広さんが「こういう良心的な寿司屋さん」というところでいくらか声をはりあげたような気がした。

「高級料理店といったって今はもうこのあたりに殆どないけどね。旅館なんていったらこの町でボタン海老仕入れているところなんてどこもないっしょ」

政治君が言った。

「だからましてやおれたちが地元にいてもこんなに立派なボタン海老なんてめったに食うことはできないというわけだば」

安広さんが続けた。

「いいよいいよ。わかったわかった。わかったからもっといっぱい食ってよ。おれさっきの皿全部食っちゃったからもうこれで六本目」

小田さんが笑いながら言った。

「今の話、みじめったらしいけどホントのことなんだってば。コーヒーを作っているブラジルのコーヒー農園では本当においしいコーヒーは全部出荷しちゃうから農園の人はコーヒー殻から出したコーヒーを飲んでるっておれら学生の頃よく話していたじゃないか。六〇年安保の時にさあ。あれとおんなじということだな」

安広さんがさらに嬉しそうな顔をして言った。

「安広さんが東京に来ていた頃は六〇年安保のあたりですか？」

話に参加するために私も口をだした。

「そう。新宿でさ。モッチャンは飲み屋の修業。おれは役者の修行」

「売れない役者のね。売れる可能性のない」

小田さんが力をこめて言う。

「売れなかったけど、でも夢はあったんだば。絶対なんとかなる。おれだけはなんとかなると思ってやってたんだば。その夢があるからあんなきったなくて貧乏な生活できたんだよなあ」

安広さんの口調に力が入ってきた。

「そういう意味ではぼくも兄さんと同じ気持でいたから意味は同じだと思うけどな」

ふいに啓市君が言った。

「お前は違うの。時代が違うし、お前の場合は親父やおれなんかがちゃんと筋道つけて東京でいくらでも頑張れるように、要するにだなあ、後方支援が非常にしっかりしているのにお前が弱音はいて撤退してきたんだから、おれはその弱腰の了見がわからない、と言ってるんだよ」

またさっきの硬い空気に戻りそうだったので政治君が「そろそろ何か握ってもらいますか」とゆったりした口調で言った。いままでのところこの政治君が一番口数が少ないようだ。

「そうだねえ。何か食っておきたいね。じゃあおれはボタン海老握って」

「え？　またボタン海老ですか」

政治君が驚いている。

何時《いつ》の間にか小田さんが自分のことを「おれ」と言うようになっているのに気づいた。気分は完全に二十代の頃にタイムスリップしているのだ。

いろいろそれまでの話を聞いていると、小田さんが新宿のバーや安レストランなどで働いているときに役者修行にやってきた安広さんと会い、その長男を頼りに上京してきた政治君とも会って、それで一時期三人は新宿のアパートで共同生活をしていたらしい。しかし安広さんも政治君も夢なかばにして東京を去り、それとは時期を外れ三男の啓市君が「今度こそ」とばかりに上京したのだが、どうやらこれも目的の中途で故郷の実家に戻ってきてしまったらしい。そのことを、だらしがない、と長男の安広さんに再三責められている、ということのようだった。

にぎやかな話が続き、一座は笑いが頻発した。やがて安広さんが焼酎のグラスを振り回し、

「よおし、もう一軒行こう。おれの同級生がスナックやってんだ。そこ行ってカラオケやろう。同級生のママだからよ。いろいろ無理きくんだよ」

「この町はお前の同級生ばかりだな。今夜の宿だってお前の同級生がやってんだろ。しかも婚約破棄したヒト……」

小田さんもだいぶ酔ってきているようであった。

「しーっ。それ聞こえるとまずいんすよ」

政治君が口に指をあて、寿司屋のカウンターのほうを目でしめしながら意味ありげな顔をした。どうも町内の店で飲むとなにかとさしさわりのある話題があるようだ。

安広さんの同級生のやっているスナックには「みどり」と書いた小さな電飾看板があった。一応ネオンサインになっているがまったくマタタカナイやつだ。少し迷ったが、いささかくたびれてきていたし、これから小田さんや安広さんたちはさらにいろいろあちこち昔話の細道に入っていきそうだったから、私はそこで一足さきに宿に戻

ることにした。

　啓市君が宿まで案内するといって私を追ってきた。大体の方向がわかっていたから口で言ってもらうだけで帰れそうだったが、啓市君はスナックに行くのがイヤで、私の案内を口実に座を外そうとしているのかもしれないと思い、彼の厚意にまかせた。

　さすがに寿司屋に入る時よりは温度がいくらか下がってきているようで、酔った体に汐まじりの夜の風がここちよかった。

「啓市さんはいまどんな仕事をしているんですか」

　夜の道を二人して黙って歩いているのもなんなので私はそんなことを聞いた。

「兄貴のナマコの仕事がいろいろ大変なんでそれを手伝っているんです。ぼくの場合は主に釜のほうで……」

「ナマコを煮る仕事ですね」

「ええ。毎日次から次へと大量のナマコが入ってくるんですが、それを軽く洗ってハラひらいてどんどん煮ていきます。ナマコといってもみんなちゃんと生きているからそれを大量に茹でちゃうというのはちょっと辛いところもあるんですが、ナマコはどんどん入ってきますからそんなこと言ってられないわけで……」

　さっきの寿司屋の一件でもだいたい察しはついたが、この三男の啓市君はだいぶおとなしく、そして優しい性格の持ち主のようであった。

「一口にナマコといってもいろいろ違うんでしょ。大きさは勿論、形とか性格とか」

「性格はどうかわかりませんが、同じ種類でもずいぶん違います」

性格、と言ったのは間違いであった。啓市君の性格を考えているうちについそんなことを言ってしまったのだった。性質、と言うつもりだった。

「例えば色なんかはずいぶん違うんですよ。縞々のもあれば斑点のもある。片側だけ色違いなんてのもあるんですよ。でもそういうのを見ていると結構可愛くなっちゃいましてね。時々写真に撮ったりしてるんですよ」

「写真に？」

「ええ。ナマコアルバムです」

あれれ、と思った。安広さんあたりが言っているのだったら軽い冗談とも思えるが、啓市君の言葉つきは真剣であった。

「いろいろありますよ。こないだは黒と黄色の縞々模様のやつがいましてね、阪神タイガースだ、なんて喜んでたんですよ」

「タイガースですか」

どうも私の返事はすっかりオウム返しになっている。ナマコの話になったとたん急に生き生きとして口数が多くなった啓市君にじわじわ圧倒されているようだった。

「よかったら明日お見せしましょか！」

「おお。それは是非！」

圧倒されたままになっている。

その返事をしたあたりで私の泊まる宿についた。

木造二階建て。見るからに年数を経ているのが闇の中の建物の沈みぐあいでよくわかる。

大きな玄関は昔の公民館か風呂屋のそれを連想させた。

啓市君はなんだかまだ私と話をしていたそうなそぶりだった。どうしようか迷っていると啓市君が人けのない帳場の奥のほうにむかって「こんばんは」と大きな声を出した。急に高い声になったのでちょっと驚いたがそういう声の出し方をするのだろう。

眼鏡をかけた中年の女性が「あらまあ、すいませんねえ」などと言いながらゆっくりした足どりでやってきた。年格好からいって、もしかするとこの人が安広さんがかつて結婚を考えた人だろうか、と思ったが聞くわけにもいかない。

「あらまあ啓さんじゃないの。どうしたの？」

眼鏡の女性はまことにおっとりしたしゃべり方をする。

「今夜予約していたお客さんを案内してきたんですよ」

「ああ、東京からのお客さんね。そうだったの。啓さんとも知り合いだったのね。夜になっても見えないからホカレタのかと思っていたんだけど」

いいえ、ここにちゃんといます、とでもいうように啓市君が私のほうに片手をむけた。テレビの歌番組かなにかで司会者がゲストを紹介するときのような手つきだ。

まだ話のつづきをしたそうな啓市君の顔を見て少し迷ったが、もう荷物を置いて少し休みたい気分になっていた。

啓市君もそれを察したようで「それではまた明日」と軽く頭をさげて出ていった。なかなか繊細な感じの青年であった。


朝七時すぎに小田さんから館内電話がかかってきた。少し声が掠れているようだ。すぐにピンときた。ゆうべおそらく安広さんたちとカラオケのやりすぎだろう。

カラオケ嫌いの奥さんの手前「呑々」にはそんな設備は置いていないが「呑々ガブリーズ」の練習や試合のあとの宴会ではたいてい小田さんが先頭にたってカラオケのある店に行って、立て続けに何曲かがなりたてるのだ。歌うのはきまって石原裕次郎。おはこは「夜霧よ今夜もありがとう」だ。

「起きてますか？」

掠れ声が苦しそうにそう言っている。

「起きていますよ。朝飯食おうかと思ったんだけど小田さんをおいたままというのもナンだし、まだ寝てるかも知れないから電話で起こすのもナンだしって迷っていたんですよ。しょうがないからお茶飲んで原稿少し書いていました」

「作家は朝早くから大変だねえ」

「そうじゃあなくて、やる事がないから暇もてあましているのも不経済だからと思って、仕方なしにですよ」

「じゃあごはんにいきますか」

「そのごはんを待っていたんですよ」

なんだかじつに本日もテキのペースで始まっているなあ、と思いつつも素早く食堂にいく態勢をとった。浴衣の上に羽織をはおる。羽織は随分長いことその部屋の押し入れにしまってあったらしくゆうべはとても黴臭く感じたのだが、今朝がたはその臭いをまったく感じないのは黴の臭いがどこかにトンでいったのか、一晩で鼻が慣れてしまったのかのどっちかだろう。

部屋から外に出ると小田さんが向かいの部屋から顔を出したところだった。

「ゆうべはあのあとコレだったんでしょう」

部屋の鍵を口の前に持っていき、マイクの真似をした。

「安広がうるさくてねえ。やろうやろうって。一九六〇年代のフォークソングなんてうたっちゃってマイク放さないんだ」

おそらく今頃安広さんの家でも安広さんが奥さんに「小田がやろうやろうってうるさくて」などと言っていることだろう。

「で、結局何時に帰ってきたんですか？」

「うーん。何時だったろう。二時に小便したことは覚えているんだけど」

「そんなに遅くまでやっていたんですか。じゃあ眠いでしょう」

「うーん、まあもう少し寝ていたいところだけどね。でも今日は政治君のナマコ船に乗る、って言っちゃったからもうこの時間で起きていないと遅れちゃうからね」

「ナマコ船？　政治君のナマコ船？　なんですかソレ」

「政治君は毎日その船でナマコを捕りに行っているんだとさ。そのありさまをぜひ見てもらいたい、というので本日の乗船を予約した、というわけですよ」

「私もいくんですか？」

「ここまで来たんだもの、見ておくのが道理でしょう。めずらしい漁らしいから作家の仕事の役にたつかもしれないよ」

一人で何もやることなくこの寂れた漁港をうろついているというのもなさけない話だからそれは当然一緒に連れていってもらうのが手だろう。しかし小田さんは本来はここにうまいコンブを仕入れにきた筈なのだが、いまのところコンブのコの字も出てこない。

このような寂しい宿にも他に客はいたらしく、食堂と書かれたいささか寒々しい広間には八人分ぐらい膳が用意されていてそのうち二人分を除いてもう食べおわっている。

その残った二人分が我々のものであった。

二人の間に小さなおひつがあってそこにごはんが入っていたがもうあらかた冷えてしまっている。

ハナから寂しい朝飯になっているが、こういう宿に泊まっている客はおそらくセールスマンや旅を糧とするような仕事をしている人たちだろうから当然朝は早い。今頃ノコノコ起きてきた我々が悪いのだろう。

「いやあ、ゆうべはボタン海老を食いすぎたよ。もうしばらくボタン海老はいいな。

ああここの朝のおかずはトバですか。北海道だねえ。トバは知っていますか。シャケの皮のところを干して焼いたものですね。これ、食い物が何もないとき食べるとうまいんだけど、ボタン海老食いすぎてるから今朝はこのくらいので丁度いいですかね。しかしこのトバは焼いてずいぶん時間がたっているようでなまじっかなことでは嚙み切れないかもしれませんよお」

寝不足でしかも掠れ声のままだったが、小田さんはすこぶる元気なようであった。ゆうべ帳場に出てきた眼鏡のおばさんが味噌汁を持ってきた。ありがたいことに味噌汁は熱そうだった。

「いやはやゆうべはすいませんでしたね。寝てるところを起こしちゃって……」

小田さんがそのおばさんに謝っている。やはり相当に遅い時間に帰ってきたのだ。

「安広がどうしてもあなたに会いたい、言うんでわざわざ起こしちゃったんですよ。玄関に『どうぞお入りになって下さい』って札が書いてあったのわかったんですが、安広が起こせって言って大騒ぎしてきかなかったんですよ」

くわしくはわからないがどうやらそこでまたひと騒動あったようだ。

「まあね。あのヒトは酔うと何もわからなくなっちゃうヒトだから」

眼鏡のおばさんはたいして気にしていないようだった。

「やっぱり安広なんかと結婚しなくてよかったんじゃないかね。ああいうところを見ちゃうと人生の岐路というものが見えてくるでしょう」

小田さんのそのひとことでやはりこの眼鏡のおばさんが安広さんの、かつての〝結婚〟相手らしいとわかった。

「さあ、早いところ食っちゃいましょう。政治君が十時に迎えにくることになっているから」

「ほんとにナマコ船に乗るんですか」

「ここまできたんだものね」

赤ボヤのチョンチョコリン

約束どおり政治君は十時少し前に迎えにきてくれた。厚手のセーターに黄色いゴムの胴長をつけ頭にタオルの鉢巻きをしめている。昨日の野暮ったいトレーナー姿から較べるとはるかに頼もしく、間違いなく北の若き海の男、というういでたちである。朝飯がすんでちょうど小田さんはトイレに立ったところだった。

「ゆうべ遅かったけど小田さん、大丈夫でしたか。二日酔いとかそういうのにはなってないですか?」

「日頃、酒を飲ませる仕事をしているからね。こっちが飲まされる番になるとがんがんいっちゃうんですよ」

政治君の質問に答えているわけではないが、いましがた元気よく朝飯を食っていたのを目のあたりにしていたので私がそのかわりに返事をした。

「それにゆうべあれだけボタン海老食っていましたからね。朝から元気ですよ」

「若いですね」

ちょうどそこに小田さんが戻ってきた。若いですね、と自分が言われたのがわかっているようだった。

「北の海があっているんだね。とくに朝がたね、この海のほうから流れてくるきっぱりした空気が新宿と全然違うからねえ。空気吸うだけで元気がでるよ。新宿歌舞伎町のほうから流れてくる風だとその空気吸うだけで病気になりそうだけどね」

薄日がさしていたが、海の上に出るとどうなるか分からないからあったかい恰好をしていたほうがいいですよ、と政治君がいうので、私と小田さんはいったん部屋に戻り、用意してきた防寒用の服を持ってきた。私はフードのついたブルゾン。小田さんは薄手のレインコートだった。

「政治君。余分の雨ガッパみたいのはないの？　このレインコートじゃ漁船に似合わないよね」

「まあ別に似合わなくていいと思うけど、雨ガッパはありますよ」

政治君が不思議そうな顔で言った。私も気がついているのだが、小田さんは時々思いがけないような発想をすることがある。

旅館の前に昨日の小型トラックが止まっていた。我々のレンタカーはそのままにして少し窮屈だったがそのトラックに三人乗り込んだ。

漁港までは五分ほどだった。冬にはスケトウダラの漁で活気のある港も今の季節はぼうっとねぼけたようで、海ネコだけが騒いでいる。堤防の真ん中に自転車が止められていて、その近くで釣りをしている老人がいた。

「何が釣れるの？」

小田さんが聞いた。

「さて、なんですかねえ。チカでも釣っているんだと思いますが」

「チカってどういう魚？」

「キュウリウオみたいなやつですわ。海のワカサギ。匂いかぐとキュウリの匂いするの」

「そんなのいるの？」

「北の魚ですからね。いろんなのがいます」

政治君の船は十トンほどのなかなか使いやすそうな形をしていた。まだあちこち艤装などが新しい。

『知床ケーソン丸』

「カタカナの船の名前って珍しいんじゃないの？」

小田さんは私が思ったのと同じことを言った。

「みんなにそういわれるんですけどね。べつにカタカナじゃ駄目ってこともないんで」

慣れた動作で出航の準備をしながら政治君は言った。私と小田さんは適当に前甲板の船縁に腰掛ける。

「ケーソンってどういう意味なの？」

「シャケ、マスのことですよ。ふたつつなげてケーソンって読むんです」

『鮭鱒丸』……と私は頭の中でその文字を並べてみる。漢字で書くといかめしくなるが、カタカナだとちょうどこのくらいの大きさの船に似合いそうだ。

「おれ本当はイマジンっていう名前にしたかったんですけど兄貴に反対されて」

「イマジンって何？　もしかするとそれビートルズの？」

政治君が笑って頷《うなず》いている。

「漁船でビートルズはおかしいでしょ。だってここらの船の名前とずいぶんちがうもんねえ」

あたりに宝友丸とか北進丸などと舳先《へさき》のところに書かれた小型の船がもやってあり、港内のゆったりしたうねりに少しだけ揺れている。

「折角の自分の船なんだから好きな名前でいきたいと思ったんですけど半分は親父に資金だして貰ったんでローン全部返すまでは駄目だって」

「安広にそう言われたの」

「ええ」

「そりゃそうだよ。まあ安広は常識人だからね。だけどそうだとしてもいきなり鮭鱒《ケーソン》丸なんていうのもちょっと大仰にすぎないかね。北海道を代表するような船名になってしまうよね」

「これ親父がつけたんです」

「そうか。それじゃ文句言えないな。でもいっそのことナマコ丸なんていうのにしたほうが、可愛いと思うけどね」

「この船買った頃はまだナマコ捕る筈じゃなかったんですよ。もうすこし大きな魚考えてましたから」

「鮭とか鱒？」

「いや、そこまでいかなくても……」

もやい綱をとき、政治君は操舵室に入った。すぐにバスン！　ドルドルーとエンジンが始動し、ケーソン丸全体がここちよく振動した。

「忘れ物ないっすよね」

操舵室から顔だけだし、政治君が大きな声でいう。こっちが何も返事をしないうちに船は軽快に岸壁を離れだしていた。


薄日の下の知床の海は穏やかなものだった。赤灯台を回り込むとケーソン丸はグンとスピードをあげた。遠くの水平線にわずかに靄《もや》のようなものがかかっている。ところどころに同じくらいの大きさの漁船が動いているのが見える。風が正面から吹きつけてきてそのままでは少し寒い。なるほどここはやはりきっぱりと北の海である。

二十分ほど走るともう漁場についてしまった。とたんに政治君が一人だけ忙しくなる。後甲板に行って網を入れる準備をし、操舵室に戻ってクレーンを動かす。何か手伝ってあげたいが手順が何もわからないのだから足手まといになるだけだろう。黙ってその奮闘ぶりを見ていることにした。

「支度っていってもこんなふうに簡単なんですよ。なにしろ相手はナマコですから。ただここらに転がっているだけのやつですからね」

私と小田さんがじっと見ているからだろう。なんとなく政治君はテレたような顔つきでそう言った。

「網をおろしてそれをひっぱるわけ?」

「ええ。それだけです。一種の底引き網というわけで」

政治君が小田さんに説明する。

「これが有名な底引き網かあ」

「いや、本当の底引きは複数の船でやるもっと大きいやつです。これはケタ網っていうんですけどね」

「ケタ網。どういう意味かな?」

「意味ですか。それはよく知らないですねえ。みんなケタ網って呼んでいるだけなんで……」

それならそれでまあいいや、という顔をして小田さんの質問は続いた。

「そうするとこの下の海底は平らなわけなのね」

「ええ。そうでないと網ひっかけちゃいますからね」

「どうして海の底が平らとわかるわけ?」

「いつもこのへんでやってますからね。それにエコーで水深測る機械があってそれ見てますから」

「水深はどのくらいなの？」

「ここらで二十メートルってとこですかね。本当はもっと浅いほうがナマコはいるんです」

「どうしてそこにいかないの？」

小田さんはなかなかの質問魔でもあった。けれどそれは同時に私も知りたいことでもあったから私もずっと耳を傾けている。

「岩が多くなるんです。場所にもよりますけどね」

小田さんが頷いてメモなどしている。どうしてメモなどしているのか分からないが何かココロに感ずるところがあるのだろう。

微速前進している間はのんびりしたものだった。ゆるやかなうねりがあってそれに乗っていくのがなかなかここちいい。

三十分ほどでまた停船した。

今度はウインチをつかってケタ網を引きあげる。何がどんなふうにどれほど入っているかこれは楽しみであった。

間もなく大量の海水とともにケタ網が後甲板にあがってきた。軽トラックの荷台一杯ぶんぐらいのいろんな生き物がどさりと甲板にぶちまけられる。

　黒くてのたりとした目当てのナマコが沢山いる。しかしそのほかにもヒトデや蟹や小海老やなんだかわからない赤くて丸いものや黒い大きなかたまりや細長くてぬるぬるしたものなどがいろいろからみあっている。そんな山の端を小さな蛸が用心深く動き回っている。政治君は素早い動作で大きなバケツにナマコをどんどん入れていき、そのほかのものはスコップでそっくり海に戻していく。黒いかたまりは石に海草がからまったものであった。赤くて丸いのははじめて目にするもので、それはあきらかに生き物のようであった。けれど冗談のように全体がのっぺりしていて均一に鮮やかに赤い。全体がボール状で直径は十センチほどだろうか。ノッペラボウの頭の上にやはり冗談のように赤い色のマカロニのようなものをのせている。特徴といったらそのマカロニ状のものだけであり、それがなかったら単なる赤くて丸い玉である。

　私がためつすがめつといった案配でそいつを眺めているのを見て政治君がそいつの正体を教えてくれた。

　ホヤであった。しかし私の知っているあちこち不規則に突起のあるホヤとはあまりにも違う。

「赤ボヤといってですね、北の海にしかいないそうなんです」

「ひゃあ。これでもホヤですか？」

「ええ。ホヤなんです。ホヤ食べられますか？　東京の人は苦手っていう人が多いですけどね」

「ホヤ大好きなんですよ。ほんと。ウニ・ホヤ・ナマコが私の酒の肴の三大好物！」

私は力強く言った。

「このホヤはうまいですよ。北の赤ボヤは内地のマボヤより甘いといいますね」

思わぬ収獲であった。それにしてもこのあまりにもあられもないノッペラボウぶりをどう受けとめていいかわからない。それに頭の上のマカロニ状のチョンチョコリンも実に圧倒的に面妖なる形状である。

「その頭の上のやつをよく見てください。両端に小さい穴があいているんですが、見えますか。片いっぽうが電池の『＋』の形してるでしょ。もういっぽうが『－』の形をしてるでしょ」

言われたようによく見ると本当にそのとおりであった。

「わはははは」

私と小田さんはそいつを覗き込み同時に笑った。

「なんですかこれは。ひとりでプラスとマイナスをやっているんですね」

「海水の吸水口と排水口なんですね。どっちで海水を吸ってどっちから吐いてたんだっけな……」

「人間の鼻の穴みたいなもんだね。人間の鼻の穴もどっちかがプラス形でどっちかがマイナス形だと面白いね」

小田さんがろくでもないことを言っている。

「人間の鼻の穴とも違うでしょ。人間の鼻の穴は空気を吸うのと吐くことしかしないでしょ。でもこいつのはここから養分を吸収して、さらにいらないものを吐いているんです……」

「ああそうか。そうするとホヤのほうがもう少しフクザツに出来ているんだね」

私は思いついたことをそのまま言った。

我々の虚しい会話から離れて政治君が二回目のケタ網の投下の準備を行っている。

今の網で大バケツ三杯分のナマコが捕れた。大きいので長さ四十センチぐらいある。南の海などには一メートル近いとてつもないナマコが海底にだらしなく転がっていたりする。それらは白地に青い斑点模様などをちりばめていたりしてどうにも食い物とは思えないが、そのとおり南のそういう派手な巨大ナマコは食用にはならないそうだ。

北のこのマナマコは食物としてのそこはかとない気品があってじつにうまそうだ。いや、ナマコが駄目というヒトは結構いるからナマコを見て即座にうまそうなどと感じてしまう私はちょっと問題なのかも知れない。

しかしいましがた手にいれた赤ボヤも私には大変魅力的なお姿に見える。ナマコと一緒でホヤなどその形を見ただけでとても口にできない、というヒトも多いようだが、単なる無知……と本当は私は言いたい。牛だって羊だってその姿を見て「うまそう……」と思う人は少ないように……。まあしかしこればかりはお互いに無視しあうしかしょうがないだろう。

ケタ網を三回入れたあたりで小雨が降ってきた。この季節、とくに朝がた靄の出ているようなときは午後になると雨が降ってくることが多いという政治君の話は本当だった。政治君は普段は午前三時頃に海にでるという。その日は我々につきあってくれたのでそんな時間の仕事になってしまったのだ。

私はブルゾンのフードをかぶり、小田さんは念願どおり黄色い雨ガッパを政治君から借りた。

「まあ今日はこのくらいにしておいて、ちょっとあったかいものでも腹にいれることにしましょうか」

政治君が言った。もう海に出て四時間ほどになっていた。遅い午後の昼飯時間である。ウトロの漁港に寄っていくことにした。斜里と同じでここもひっそりしたものだった。

ひとつだけ違うのは、ここには湾内観光用の船の発着場があるので港に面してお土産屋や食堂などがあることだった。そのあたりから擦り切れたような港町演歌が流れてくる。

「おっ、いいですねえ。北の港の演歌じゃないですか」

思ったとおり小田さんが喜んでいる。なるほどこの港の空にも海ネコが舞っていて、そんな風景が演歌の旋律に妙に似合っている。

「こういうところの港食堂なんていうところでウドンなど食うのがいいんですよ。ウドンは素ウドンね。コンブの出汁がきいているやつ。ここらのおばちゃんが無造作につくるやつがあるでしょう。ああいうのがいいんですよ。ああいうのをすすれたら、はるばる北の海までやってきたカイがあるというものですよ」

どうも小田さんは一人で悦に入っている。しかしここも冷夏のせいで観光客が殆どいないらしく、めあてのウドンやドンブリものなどをやっていそうな店はみんな閉まっていた。開いているのはひどく場違いなカフェを気取ったような店だけで、コーヒーや紅茶などの飲み物ぐらいしかなかった。

擦り切れたような演歌を流しているのはその近くの堤防で釣りをしている人が持ってきたらしいラジカセであった。


夕方近くに、昨日行った川島三兄弟のナマコ処理工場に顔を出した。政治君が捕ってきたナマコがここでどのように処理されて中国への輸出品となっていくのか、ということをあらためて見ておきたかったからだ。

工場には川島三兄弟と安広さんの奥さん、それに手伝いのおばさんが三人ほどいた。奥さんと三人のおばさんは煮る前のナマコの処理をしていた。

まずナマコ全体をよく洗う。それから腹側の肛門近くのところを一センチほど包丁で切って手で腹を圧縮すると腸のはしっこが出てくる。これを切らないように慎重にひっぱりだすのだ。

ナマコの腸はコノワタである。これは希少価値のある珍味として立派な商品になる。料理屋などではお猪口《ちょこ》一杯千円ぐらいする。しかし商品にするには別の手作業が必要になるので、手が足りない今は三兄弟の父親が趣味で腸のいいところだけつかって個人的にコノワタの醬油漬けというのを作っているだけなのだという。

「コノワタの商売もやろうと思えばできるんだけど、今はナマコ本体の注文がひっきりなしなんでとてもそこまで手が回らないんだわ。だからもったいないんだけどしょうがないんだわ。でもうちの父さんのつくるコノワタはうまかったでしょ。今夜うちで一杯やろうということになっているからさ、そのときぜひいっぱい食べてよ」

安広さんが力のこもった声でそう言った。

ナマコは海水と一緒に砂を沢山呑み込んでいるので、この腸を出したあときわめて細長いブラシで腸をとったあとの腹の中の砂を掻きだしよく洗う。それから釜に入れて水で煮る。釜は一・五メートル四方の大きさで八十センチの深さがある。熱湯で煮るのを一回二十分。それを三回くりかえす。ナマコはほとんど水分なのでこの煮沸でナマコの水分は煮沸する前の三分の一になっているそうだ。

煮上がったナマコは身の水分が抜けているので元の半分以下の大きさになっている。それでももともと大きかったやつはもともとちいさかったやつよりサイズが大きいから、ここでだいたい大、中、小の三段階ぐらいに大きさをわけて四角いセイロに入れる。そのまま工場の外にある干し場にもっていって天日に干す。

乾燥は太陽が出ているかぎりは外でやるが、雨模様になったら機械乾燥にする。とにかく休みなく乾燥させていくとナマコは日に日に縮小していくのだそうだ。

四十センチほどあったナマコはいつのまにか三分の一ぐらいになっている。しかしそれでもその段階では七割の乾燥なので両手で持つとまだわずかに曲がる。それでは完全に乾燥していない、ということなのでこの段階で再び煮る。煮返しである。

この最終乾燥まで最初の日から数えると二十五日から三十日かかり、そこで漸《ようや》く完成である。できあがった乾燥ナマコは四十センチあったものが六、七センチぐらいになっていて、完全なナマコミイラの状態である。

この段階でも色や形状で上質のナマコとそうでないものがえり分けられる。上質のナマコは色が赤茶色で平均化しており、イボダチもしっかりしているわりにはなめらかで苛《いら》立ちがない。

「苛立ちがないんですか？　あのイライラの苛立ち？　ナマコのイラ立ちってなんですか。イボダチはわかるけれど」

なぜか真剣に小田さんはくいさがる。

「うん。それはね、たくさん見ているとわかるの。ナマコがナマコとしてその人生に達観している、という状態かなあ」

安広さんがおごそかな声で言う。でもなんだかよくわからない。

その日の夕食は安広さんの家で御馳走してもらうことになった。

「父さんのつくったコノワタを食ってよ。まず斜里で一番うまいと思うんだわ」

安広さんは傾きはじめた北の国の陽光のなかでなかなかいい顔をしてそう言った。勿論我々になんら異存はなかった。

七時に川島家を訪ねる、ということになったが、それまでまだ時間がある。宿に戻ってもなにかとくにやることもなかったし観光客のようにしてどこかに行く、という気分でもなかった。第一このあたりにとくに見るようなところはない。強いていえばこの北の小さな町全体が日頃の都会生活から比べるとそっくりそのまま「観光」に値する場所なのだった。

「そうだ。夕食まえにまた温泉にでも行こうじゃないの。昨日のオッコノンコの湯もなかなかよかったけど、たしかもっと温泉らしい露天風呂があったじゃないの。このまえ来たときみんなで入ったの覚えてますよ。たしか熊が出るとかいう温泉に行ったじゃないの」

小田さんが気負いこんで安広さんに言った。

「ああ。熊の湯のことかい。あれはこのあたりといってもちょっと遠いよ。この知床半島を越えた反対側の羅臼だからね」

「そうか。あのときはみんなでわざわざあの町まで泊まりにいったんだっけかねえ。あれが羅臼だったのか」

「啓市が東京にいったばかしの頃だったからおれと政治と三人でいったんだ。遠いといっても一時間の距離だからおれたちにしたら町内みたいなもんだったけどなあ」

「そうだそうだ。あれは二十年ぐらい前なんだから大昔のことだ」

「そんなこと言うなよ。まるでじいさんの昔話みたいじゃないの。そうだ。羅臼といえばあんたから調べておいてくれと言われてたうまいコンブのことだけどね、羅臼の知り合いでコンブ漁をやっている人と連絡が取れたよ。今ようやく暇な時期になってきたから話聞きたいなら何時でもいいそうだよ」

「そうかい。じゃあ羅臼には明日行くことにするか」

「温泉ならやっぱり昨日行ってもらったところしかこのあたりにはないよ」

「まあ仕方がないか。時間つぶしということもあるからな」

話はきまった。いったん宿に戻ってタオルと下着の着替えを持ちクルマはまた小田さんが運転してくれることになった。

道は海沿いにまっすぐ延びており、しかもこのあたりになるともう対向車も後ろからやってくるクルマも滅多にない。海と反対側はなだらかな斜面になっていてその多くは畑と森林であった。斜光が差し込んでいて、遠くの山が赤茶色に光っている。

「同じ日本とは思えないねえ。こういうところで暮らしていると、日頃新宿の雑踏の中を歩き回っている我々とは生きていく上での考え方が違ってくるだろうねえ」

小田さんの口調がしみじみしたものになっている。

そうか。小田さんはきっとあの古い友人、安広さんのことを考えているのだろうな、とそのとき瞬間的に察知した。

安広さんは肺ガンだと聞いていた。いい空気の中にいるから進行は遅くて、まだあのようにいっけん普通にしていられるようだけれど病気が病気であるからいったん悪化したら容赦ないことになっていってしまうのだろう。その時にはまた小田さんはここにやってくるのだろうが、その旅はきっと辛いものになる筈だろう。

「しかし思ったよりも安広さんは元気でしたね。こういう時に小田さんに来てもらってきっと安広さんも嬉しかったんですよ。いい再会だったですね」

小田さんの気持ちを察して私も静かな口調でそう言った。

「まあね。あいつは好きなようにやってきたからどっちにしてもシアワセだよね」

「思ったよりも元気そうだったし」

「元気ですよう。ナマコなんかを相手にしているからストレスなんかも別にないだろうからね。新宿でワガママな客を相手にしてチマチマやっているのと比べたら格段にシアワセですよ」

「お言葉ですがワガママな客っておれたちのことですか？」

「ま、君たちも当然入るよねえ」

「そうですかねえ。結構おれなんか気ぃつかっているんですけどね」

ふふふ。と小田さんが黙って笑っている。

「ところで安広さんの具合はどうなんですか。見たかんじ当分あんなふうにしてやっていけるように見えましたけど」

「そりゃあ大丈夫でしょう。なにしろナマコ相手なんだもの。ゆうべ政治君に聞いたら取引先の中国からもっとひきあいがきていて、経営責任者である安広には上海から接待旅行の誘いがきているという話でしたよ。上海はいま中国で一番発展しているところで面白いらしいから一緒に行こうよって昨日安広から誘われたんですよ。女もみんな美人ぞろいだっていうし」

「元気いいなあ」

「安広がとにかく元気なの。あいつらと昔ヨーロッパに行ったとき一番夜遊びしてたのが安広だったしねえ。だから上海の接待旅行はウハウハものじゃないの」

「ウハウハものって、安広さんそんなこと言ってられるんですか？」

「どうして？」

「どうしてって、安広さん病気なんでしょう？」

「なんの？」

「なんのって肺ガンじゃないんですか」

「ああ、あの話かあ。あれはウソなの」

「ウソ！　……？」

「うん。うちのかあちゃんを騙《だま》すためのね。そのくらい言っておかないとこんな季節にそう簡単にこういうシアワセな旅行なかなかできないもの。だからウソも方便、っていうでしょ。どうせ人間いつか死んでいくんだからそのくらいのこと言われても安広だって怒らないよ」

「ええ？　じゃああの話まったく根も葉もないウソだったんですか？　だって奥さんよりも前にぼくにそう言ってたでしょ」

「そう。ウソはまず身内から騙せっていうからね」

「身内っていうのは奥さんのほうでおれじゃないんですけど」

「まあ少し順番が狂ったけどね」

凄いなあこのタヌキ親父、と思ったがとりあえず小田さんの作戦は見事に成功している、というわけだ。

しばらく黙り込んだ。別に怒ったわけではなく、むしろなんだか感動しているのが不思議だった。

この旅に出てきてみんな気分よく過ごしているのだから小田さんのいうとおりまったくウソも方便ということなのだろう。

フと気になることが頭をよぎった。ついでだからモノのいきおいで聞いてしまうことにした。

「もうひとつ気になることがあるんですが、聞いていいですか？」

「なあに」

「小田さんクルマの免許もってんですか？」

「今はないよ」

「ええ？　今はないって、そうするとつまり今これは無免許で運転してるんですか？」

「まあそういうことになるかなあ」

「なるかなあ、じゃなくてもう立派な無免許運転ですよ」

さっきから八十キロぐらいは出している。なんだか助手席にいるのが怖くなってきた。けれど運転技術のほうはとくにあぶなっかしいところはない。

「ということは昔免許は持ってたけど今はない、と」

「そうなんだ。まったくつまらないことで剥奪されてしまったんですよ。改めてとる気も失せるようなことでね。だからこうして久しぶりに晴々と運転できるのが嬉しくてね」

晴々と、などと呑気なことを言っているけれど見つかったら只ではすまないだろう。無免許運転で捕まるとどうなるのだったか。すでに免許はないんだから免停ということはないわけだから罰金ということになるのだろうか。まさか逮捕ということは

めったにないだろうが、それにしてもかなりヤバイことを昨日から平気でやっている
ことになる。

「大丈夫。北海道もこのあたりまでくると〝一斉〟なんてまずやっていないしね。だって一時間に五、六台ぐらいしか通らない道だからそんなことやってたら税金の無駄遣いって市民から文句が出るでしょう。よっぽど猛烈に飛ばしていたりしない限りパトカーにとめられるということなどまずないんですよ。だから何も問題ないの」

小田さんはいつものおちついた声で何かを諭すようにしていった。どうも小田さんに諭されても困るんだけど、まあそうかそうなんだろうな、と思うしかない。

二十分ほどで昨日の温泉についた。車寄せに入っていくとあっちこっちから賑やかな音が聞こえる。トランペットとか太鼓の音だ。宿の係の四角い顔をした男が言っていたとおりこのあたりの高校の吹奏楽部の合宿が始まっているのだ。

「よかったねえ、ここに泊まらなくて」

「ほんとほんと」

二人で頷きながらもっと激しくいろんな音の渦巻く館内に入っていった。

昨日のいっけん無愛想な四角顔の男がうんざりした顔で入浴券を売ってくれた。

「やってますねえ」

小田さんがニヤリとしながら言う。

「もっとうまいといいんですけどね。おまけにここの生徒みんな練習熱心ときているんで……」

風呂には近所から来たらしい老人が一人入っているだけだった。白く濁った湯だがもったいないくらいに豊富に湧きだしていて湯船からじゃんじゃん流れ出ている。

ざばりとつかって同じ方向を見ながら「うーんいやあ——どうもどうも」などとほとんど両方で意味不明のことを言いあった。まことにいい湯だが、贅沢をいえばこの温泉には窓がなく、折角の温泉なのに解放感にやや乏しい。

「明日は肝心のコンブの仕入れがあるから羅臼にいってその熊の来る温泉に入ろうじゃあないですか。そこはたしか露天でしかもタダだったような記憶があるなあ」

「だから熊も来るんですかね」

我ながらくだらないこと言っているなあ、と思いながらもつい口に出てしまった。

「どうかねえ。熊も来るというけど本当に熊と混浴というのはちょっと怖いだろうね。ご機嫌とって背中流しましょうか、なんて言ったりして」

小田さんもだいぶくだらないことを言っている。熊のあの毛だらけの背中流してどうすんだ、と思ったがもうそれ以上幼稚なことを言っているわけにはいかない。

湯上がりの無免許運転でまた斜里の町に戻った。もうあたりは夜になっていた。

川島安広さんの家はなかなか立派な構えで、生活も裕福そうだった。父親の代まで網元をしていたのだから当然なのだろう。

早速居間に案内された。ソファがあって座椅子があってダルマストーブがあってエアコンがあるという和洋新旧ごちゃまぜだが、これが北の雪国の一番暮らしやすい組み合わせなのだろう。不思議とそれらのものが安定して一体化している。座卓の上にはすでに沢山の御馳走が並べられていた。魚やエビや貝などやはり圧倒的に魚介類が多い。

三兄弟の父親は穏やかな物腰だがいかにも若いじぶんに海で鍛えあげたということがわかる厳粛な気配を持っている。

「これがうちの父さんの特製コノワタだからね。ゆうべあがったナマコから作ったできたてだよう。これぜひ食ってくださいよう」

安広さんが元気のいい声で言った。おかしなもので温泉に行く前まではこの安広さんは肺ガンに冒されているとばかり思っていたからその立ち居振る舞いが元気そうであればあるほどどこか無理をしているように見えて仕方がなかったのだが、いまはただもう本当に無邪気に騒々しく元気なおじさんとしか見えない。

ビールを注いでもらい一口のんでからその特製コノワタをつまんだ。いやはや本当に申し訳ないほど奥が深く、そしてかろやかにしみじみと旨い。

酒の肴の王者といってもいいだろう。

「どうかね」

安広さんが私の顔を覗き込むようにして聞く。旨いです、というだけではいかにも儀礼っぽいから何か気のきいたことを言いたいのだが、それをその場で表現する言葉や顔つきや体をつかった反応がうまくでてこない。仕方がないので「旨いです」と力のこもった声で言った。いやはやモノカキとしてはどうもなさけないが、とにかく本気で感動しているのである。

台所では安広さんらの母親と安広さんの奥さんが次々にいろんな料理を作っている。ここらの人はビールのあとはすぐに日本酒になるようであった。安広さんと小田さん、それに政治君の三人は昔その同じ顔ぶれで行ったヨーロッパ旅行の思い出話でたちまち盛り上がっている。とくになんということもなく三人でスペインやフランスなどを旅したのだという。目的のない気ままな旅だからいたるところで失敗やら思いがけない素晴らしい出会いがあって実に面白い旅だったらしいことがその三人の互いに競いあうような話っぷりでよく分かる。

そのうちに政治君がその当時の写真アルバムを持ってきた。話はいよいよ盛り上がる。

「それでなあ、なんといっても一番感動したのがドイツの駅でジャズピアニストのマル・ウォルドロンに会ったことだよなあ」

安広さんが大きな声で叫ぶようにいう。

「会ったというより見たというほうが正しいんだけどね」

政治君はまだいくらか落ちついている。

「だけど感動したよなあ。本人がいきなりいるんだものなあ。それでおれが『あなたはウォルドロンさんじゃないですか？』と英語で話しかけたら通じたんだよなあ」

安広さんが再び声をはりあげる。とてもこれはウソでも肺ガンなどにはできない。

新しい料理を持ってきた安広さんの奥さんが笑いながら解説する。

「この人たちは一年に一度は必ずこのアルバム持ち出してきて同じこの話をして盛り上がっているんですよ」

「あのときフィンランドの宿では安広が二日続けて夜中に一人でどこかに行ってなかなか帰ってこなかったんだよなあ」

小田さんが安広さんの顔を指さしながら言う。

「あっだめだよ、それ言っちゃぁ」

「でも奥さんにはおれずっと前からそのことおしえちゃっていたもの」

小田さんがまたまた自分のことを「おれ」というようになっている。みんなあっと言う間に青春時代に戻ってしまっているのだ。

私は父親にもう少し詳しくナマコの話を聞きたかったのでその昔話につきあうのはほどほどにして昔のナマコ漁といまのナマコ漁の違いなどについての話を聞いていた。

昔もナマコ漁をしていたが細々としたもので、この数年ほど前からこのあたりのナマコがいいというので中国や香港の業者が目をつけて買い入れにくるようになったという。

「ナマコなんていうのは私らが定置網をしている頃は海のゴミみたいなものでねえ、せいぜい海鼠《うみねずみ》なんて呼んでましたよ。これが仕事になるなんて当時の漁師らは誰も考えてなどいなかったですよ」

父親は温めた日本酒を飲みながらおだやかに語りはじめた。自分としては網元をやっていたので、三人の息子にそのあとを継がせたかったのだが、長男の安広さんは東京の大学に行ったのはいいけれど学生運動と演劇なんていうどうしようもないものにはまってしまって帰ってこない。次男の政治君も兄のあとを追って東京にいってしまい、そこで小田さんにお世話になったという。末息子はまだ幼く、これでは後を継ぐものがこころもとないと思っているうちに次第にこのあたりの漁業が不景気になってきて、結局網元としての仕事をやめてしまったという経緯を話してくれた。

「息子たちはもう海の仕事はしないと思っていたら政治が帰ってきて、これからはナマコがいい、といいだしてですね、安広は昨年までコンブ漁をやっていたし、私らはあんな海のゴミみたいなもので何ができるんだと半信半疑だったのですが、自分でとにかくやりたいというので少し様子をみるつもりで任せてやったというわけですよ。まあナマコ漁にはそれを捕る船や工場の設備資金がいるというので少し協力してやりましたけどな」

それがあの知床ケーソン丸になったのだろう。

「それで様子を見ていたらやっぱり若い人は世の中の変わりようを見るのが聡いようでそのナマコ漁がけっこうちゃんとした仕事になっていくのを見て私は驚きましたよ」

父親の訥々《とつとつ》とした述懐をよそに安広さんや小田さんはますます昔話に夢中になって

いる。そんなところに啓市君がまた別のアルバムをもって私のところに来た。

啓市君はその三人のヨーロッパ旅行には行かなかったはずなのに、はて何の写真だろう、と広げてみるとそこには「私に見せる」と言っていたナマコの写真が沢山貼ってあった。みんな自分で撮ったものだという。

啓市君の仕事は兄の捕ってきたナマコを選別し、煮沸し、それを乾燥させる一連の後処理の手伝いをしている。

「毎日いろんなナマコを見ているとですね、ナマコもいろいろ個性豊かなんですよ。大きさは勿論のこと模様にしても色合いにしても様々です。中にはとっても可愛い、と思うようなナマコもありましてね、そういうのを写真に撮っているうちにこんなにたまってしまった、というわけです」

「ナマコアルバム」というのを初めてみた。シロウト目にはどういうのがいいナマコなのか、あるいは可愛らしいナマコなのかよくはわからない。なかなか不思議なアルバムであった。

「中国の人から聞いた話なんですが、オホーツク海に世界で一番素晴らしいバイカナマコという幻の美しいナマコがいるんだそうです。それに出合うのが夢なんですよ」

「バイカナマコ？　何かやりそうなナマコですね」

私は本気で感心する。

啓市君は本当に夢みるような瞳でそう言った。この三男坊の啓市君というのは実に心優しい青年なのだということがよくわかった。

それからしばらくすると政治君が、

「はい、おまちどおさま。どうぞ試して下さい」

と言って小鉢を持ってきた。中にずいぶん赤い身が入っている。

「ん？」

「今日海でひろってきた赤ボヤですよ」

「ああ。あいつですか」

最初見たときは何者なのかさっぱりわからなかったノッペラボウにマカロニ状のチョンチョコリンをつけたいかにも面妖なる物体である。

ホヤは好きであるからすぐにそれに箸をつけた。むいたのをそのまま出したという。ホヤ独特の汐くさい、しかしじつにこれもコノワタと同じくらい奥の深いいい味である。なるほど三陸のぶつぶつしたマボヤよりほんわり甘くて優しい味がする。

「いいよう。この赤ボヤ君」

私はまた感嘆の声をあげた。

掘っ建て小屋温泉

「ねっ、けっこうこれもうまいっしょ」

　私がたて続けに箸をはこんでいるのを見て政治君が嬉しそうに言った。

「いや本当。ホヤというとね、これまで三陸地方でとれるあちこちゴツゴツしたのしか見たことないし食ったこともないからこのノッペラボウのホヤには驚きましたよ。でも甘くておいしい。東京じゃホヤを好きな人は滅多にいないけれど、あれはこういうとりたての新鮮なのを食べていないからなんですね」

「そのとおりなんですよ。ホヤはですね、陸にあげて空気にさらしておくと、オクタノールとかシンチアノールという成分が急に増えて味がどんどん落ちていってしまうんです」

ナマコの写真アルバムを手にしたまま啓市君が力のこもった声で言った。

「あれ？　お前ずいぶん難しいことを知っているんだなあ」

いましがた赤ボヤをさばいたばかりらしい政治君が言った。

「いや、ここんとこナマコのいろんな本読んでいたら、ついでにホヤのこともいろいろ出てたんでそういうコト知ったんだ」

啓市君が少しはにかむようにして言った。

「だけど、しかしこのホヤというのはつくづくヘンな生き物ですね。いったいこいつ何を食って生きているんだろう？」

私は忙しく食べ続けながら、さらに啓市君に聞く。

「プランクトンです。この頭の上のプラスとマイナスの形をした片一方の弁から海水を吸って片一方から吐いて、その海水の中に含まれているプランクトンを食べている、というわけですね。それでもっと面白いのは、このあいだ読んだ本に書いてあったんですが、ホヤは生まれて間もない頃はオタマジャクシに似た形をしていてあちこちふらふら泳いで餌を食べてるんですが、やがてどこかに適当な岩を見つけてそこにくっついてあとの一生を一ヵ所に定着して落ちついて暮らすんです」

「それじゃ啓市も少しはホヤを見習わなきゃいけないぞ。お前はあいかわらずホヤのオタマジャクシのようなもんであっちこっちフラフラしてんだから」

何時の間にか長男の安広さんがその話を聞いていたらしくそんなふうにして話題に加わってきた。

「赤ボヤは結構この海水を吸い込む力が強くてな。私が若いころ岩場でソイを狙って釣りをしてたら何度かこの赤ボヤの小さいのを釣り上げてな、いったいなんでこんなものばかりにネガカリしているんだろうと思ったら、赤ボヤが海水を吸い込むとき一緒に餌つきの針を吸い込んでいたというわけさ。こいつはこんなに小さくても結構強い力で海水を吸い込んでいるんだな、ということを初めて知ったんだよ」

三兄弟の父親がさらにその話に加わってきた。どうも赤ボヤはいろんな話のネタになるようだ。つまりそれだけヘンテコな奴ということなのだろう。

「父さんはその時釣りあげた赤ボヤをそのあとどうしたの?」

安広さんが聞いた。

「それはもちろんそのまま食べたよ。あれの小さいのは柔らかいからそのまま海の果物みたいに嚙みついて食べられるのさ」

「さすが父さんだね」

啓市君が言った。

「ちょうど腹が減っていたところだったからな」

「母さんは弁当作ってくれなかったのかい？」

「内緒で釣りに行ってたからなあ。あの頃漁師の寄り合いがしょっちゅうあってなあ。定置網の権利で揉めてた頃だったけどみんな同じこと何度も繰り返して言うだけでそういう寄り合いが面倒くさくなって時々行方不明になっていたんだよ」

「母さん、そんとき父さんの行方不明先は知ってたのかい？」

「だいたいわかっていたですね」

三兄弟の母親がやや控えめな口調で言った。

「じゃあまったく行方不明じゃないな」

安広さんが言い、そこでみんなが笑った。

なかなか気持のいい家族であった。

そんな笑いのなかに安広さんの奥さんが新聞を持って部屋に入ってきた。

「今日の北海道新聞にナマコのことが出ていますよ」

差し出されたそれに安広さんが素早く目を通した。

「網走の北方民族博物館でナマコをとりあげているみたいだな」

渡されたその新聞のコラムには「北海道のナマコの質がいいということで、南方民族から注目されており、〝ナマコが結ぶ南北文化〟という観点からその捕獲の歴史などをとりあげた」と書いてあった。

翌日は朝食がすむと私と小田さんはすぐに羅臼にむかった。羅臼に安広さんの知り合いのコンブ漁をしている北村さんという人がいて、ゆうべのうちに電話で紹介して貰ったのだ。やっと今回の旅の本来の目的の場所に行くことになったのだ。

当然のように無免許の小田さんが運転席につく。こっちは運転しなくて楽でいいが、事故だけは気をつけてもらいたいものだ。運転技術不慣れのため小田さんだけが立木にぶつかったり崖からおちて死ぬのはいいが、こっちまでまきぞえはゴメンだ。そのことを一応言っておいた。

「わかってますよ。だけど事故というのは咄嗟《とっさ》におきるものだから、例えば立木や電柱にぶつかりそうになったとき運転手は本能的に自分の座っていないほうをぶつけることが多いらしいね」

麦とトウモロコシの畑の中の真っ直ぐの道をたちまち八十キロぐらいでとばしながら小田さんがヒトゴトのように言う。

「自分の座っていないほうというとつまりこの助手席ということですか」

「まあそこしかないものねえ」

すぐさま降ろしてもらいたくなった。

出る前に安広さんに書いてもらった地図はかなり荒っぽいもので、なかなか目当ての橋が出てこなかった。橋をとおりすぎてしばらく行った右、というのがとりあえずの目安だったが、橋というのがはっきり欄干《らんかん》のある大きなものと勝手に解釈していたのだがどうもそうではないような気がしてきた。小さな溝をこえるような橋がいっぱいあってよくわからないうちにそれらをいくつも通りこしている。

いまもそういう小さな溝をこえたところだ。それが橋だといったらなるほどといって頷くしかないようなところだった。

目的の家は番屋であるからはっきりした住所がわからないらしいのだ。

「行けばすぐにわかるっしょ」

と安広さんに軽く言われ、わかる気になってしまったのがいけなかった。

ちょうど海岸べりのところに小屋が一軒建っていた。今しがた小さな溝の上の、橋といえば橋かも知れないところを通りすぎて右側の小屋である。位置的にはそれでいい。なるほど番小屋のように小さな小屋があった。

そのすぐそばまで行って車をとめた。沢山の大きなコンクリート製の波止めブロックがからみあって堤防のようになったその内側に建てられている。

よく見ると煙らしきものがうっすら流れているから、たしかに人が住んでいる気配がある。小田さんが先にたってその小屋の向こう側に行った。裏には入り口らしいところはまったくないのだ。

「アレェこれはまたなんていう……」

小田さんの頓狂《とんきょう》な声が聞こえる。急いで私も回り込むと、それはなんと風呂であった。煙かと思ったのは湯気だったのだ。

海側にむいてそっくりあけはなったままになっている半分露天風呂のようなつくりだ。

真ん中にしきりがあり、それが女湯と男湯を分けているようだ。

しかし入っている人は誰もいなかった。

「温泉ですよ。凄いじゃないですか。こんなところに温泉があるなんて安広のやつ一言も言わなかったなあ。もっともこの小屋の感じだと木なんかまだ新しいから最近できたばかりの温泉なのかも知れないけどねえ」

湯船に手をいれると見事にいい温度である。

「これはもうこうなったら入っていくしかないですな」

「これが熊の湯ですか？」

「いや熊の湯はもっと山沿いにあってもっと大きいんですよ。これは名前なんかついていないんじゃないかなあ」

これだけいい湯が出ていて名前もなく人に知られていない、などということは現代の日本にはありえない気がする。

そのことを小田さんに言った。

「おれたちタヌキとかキツネなんてのにバカされているんじゃないですかね。よく肥だめなんかにいい気持で入っているなんて話があるでしょう」

「うーん。北海道にはキタキツネが沢山いるからねえ」

しかし昼間から大人が二人してバカされるということもないだろう。

「もしかすると知る人ぞ知るという秘湯というやつなのかも知れないですね」

「道路脇の秘湯ねえ」

なんだかよくわからないが、とにかく大発見であるから、とにかくここに入っていこう、ということになった。まったくこのようにたいした目的もない旅というのはこういうことに出会うから楽しいのである。

脱衣所というようなものはとくになく、脱いだものはそこらの板にひっかけておくようになっているようだ。

さっと体に湯をかける。湯加減は申し分なく、どうやらこの湯船の下から温泉が湧き出てきているようである。ざぶんと飛び込んで首までつかるとつくづくシアワセな気持になった。

ひとつだけ残念なのは目の前に大きな波止めのコンクリートブロックが堤防のように積み重なっていて、海がまったく見えないことであった。そのことを小田さんに言うと、

「思いがけないところでタダでこんないい湯に入っているんだからそんな贅沢なこと言えないんじゃないの」

などといやに正しいことを言う。たしかにそのとおりだけれど、考えてみたらこの温泉、本当にゆきずりの人がタダで入っていいのかどうか心配になってきた。

誰かこのあたりのもの凄い金持ちの自分専用の温泉ということも考えられる。

浮世離れした話だけれど、なにかとスケールの大きな北海道では考えられないことでもなかった。ゆうべ安広さんの家での宴会では昔網元をやっていた安広さんの父親からニシンが大漁だった頃の北海道の漁師の信じがたいような大儲けとその乱暴な散財ぶりを聞かされたばかりだった。

なにしろ一人の普通の漁師に一晩で、今の金に換算すると二、三十万ぐらい収入があったというのだ。遣いみちに困ったというのは本当の話だったという。

いい気持で温まりながらそんな話になった。

「ということになると、我々はよその家にきてその家の風呂にいきなり入っているということになるね」

「まあそうですね」

「そうなると困ったことになるね」

そう言う小田さんは全然困った顔ではない。

そのときふいに老人が我々の前に現れた。

いやはやもしやこれは……。二人とも言葉にはしなかったが、一瞬気持をアセラセたのは確かだった。しかし老人は愛想のいい顔で軽く会釈して、サンダルをぬぐと小石のしかれた洗い場に上がり、ゆっくり服を脱ぎだした。その風体からいって大金持ちのこの風呂の持ち主というわけでもなさそうだった。

「いい温泉ですね」

小田さんが言った。

「ちょうどいい湯加減でしょう」

老人は言った。

「昼前のこのくらいの時間にくると空いていて湯も熱くてちょうどいい具合なんですわ」

どうやら近所に住む人らしい。

「この温泉は昔からあったんですか?」

安心して私も聞いた。

「むかしは汐のあいだに湧いておったんですわ。海水とまざってねえ。それをつい最近うまく工事してこういう立派なお風呂にしてもらいました」

老人はそう言って両手で顔をつるんと撫でた。そのうちにまた足音がして別の誰かが近寄ってくるのがわかった。どうやら隣のおんな風呂にやってきた二、三人連れらしい。賑《にぎ》やかに何か喋っているが土地言葉なので何を言っているのか我々にはわからない。

小田さんがいつもの人なつっこさで老人に北村さんのコンブ漁の番屋がある場所を知らないか、と聞いている。

北村さんというのかどうかは知らないが、コンブ漁の番屋はここからもう少し行ったあたりに何軒か並んでいる、ということを教えてくれた。

やっぱり橋はもっとちゃんとしたのがあるのだろう。

「ところでおたくさんたちはどこから来られたんですか？」

老人が聞いた。

「東京です」

「そりゃあまあご苦労さまでしたなあ。観光ですか？　でもこのあたりたいしたものはないでしょう」

「観光がてらコンブを買いにきたんです。私は東京で居酒屋をやっていましてね。ついでにその仕入れに来たという訳でして」

「ほおう。それは熱心なことですなあ」

老人の言葉には北海道の訛《なま》りのようなものはあまりなかった。どこかよその土地からここに来たのかも知れないと思ったが、質問すると話が長くなってしまいそうなので、黙っていることにした。もうだいぶ体がゆだってきている。

そこからほんの五分ほど走ったあたりでガードレールのついた橋を渡った。

「橋だ」

「おお、ちゃんとした橋だ」

長さ十メートルあるかないかの橋を渡っただけでいい大人が大喜びしている。

そこから二、三分走ったあたりの海側に何軒かの家が見えてきた。一番手前の家の前に小型トラックが一台とまっており、その先に海岸へ降りていく小さな坂があり、男が一人その海岸にコンブを干していた。

小型トラックの後ろに我々の車を止めると男が振り返ってこっちを見た。

「北村さんですか？」

小田さんが言うと、男は腰をかがめコキザミに首をたてに振った。我々のやってくるのを待っていた顔つきであった。

「川島安広さんから紹介してもらって来たんですが……」

「今しがた電話がありましたよ」

よく日にやけた逞しくていい顔をしていた。歳のころは四十代。カーキ色のズボンに黒っぽい薄手のセーターを着ている。

「仕事中に申し訳ありませんねえ」

小田さんが新宿の店の中で初めてきた客を相手にしたときのような声をだした。

「いやいや、いつも同じようなことをしているだけですから」

なかなか感じのいい男であった。

番屋というから物置ぐらいの小屋のようなものかと想像していたのだが、プレハブ作りながら二階建ての立派な建物で、一般的にいえば「住宅」といってさしつかえないようなつくりだった。

「まあお茶でもどうですか」

男は番屋の入り口横にある水道で手を洗い、腰に下げているタオルで拭った。腰のタオルなど見るのは久しぶりのことだった。

番屋の中から奥さんらしい人が顔を出した。目鼻立ちのしっかりしたいかにも働き者の北の国のおかみさん、という感じの人である。番屋の中は温かくやはりそこはもうまったく普通の住宅の中、というつくりになっている。入り口のたたきからすぐ居間になっているがその先にもうひと部屋あり、その先が台所のようだった。居間の真ん中にストーブがあって火がついていた。食器戸棚の横にテレビがある。

「ずいぶん立派な家なんですね。ここに住んでいるんですか？」

何時ものように小田さんは思ったことをすぐ口にしている。

「いいえ、コンブ漁のときだけここに毎日通っているだけです。朝早くから暗くなるまでの仕事なもんでねえ。そのときは生活がみんなこっちになってしまうんだわ」

奥さんの喋りかたは安広さんと同じような北海道の人特有の抑揚があった。話しながら冷蔵庫から何種類もの缶入りのお茶やジュースなどをひっぱりだし、それをテーブルの上に並べた。

旦那さんのほうは灰皿を出し、煙草も一緒にだしてすすめてくれた。こんなふうに煙草をすすめられたのも久しぶりのことだ。残念ながら私も小田さんも煙草は吸わない。

小田さんは煙草はやらないことを話し、テーブルの上の中国茶らしいものに手を伸ばした。

「じゃこっちを遠慮なくいただきます。それにまあ突然忙しい仕事の最中にお邪魔して申し訳ありません」

お茶の缶を開けながら小田さんが何時もの人なつっこい笑顔で言った。

「いいえもうコンブの仕事はあらかた終わっていますんでね。かまわねえですよ」

旦那さんは自分の煙草に火をつけた。

「実は私、東京の居酒屋でいろいろ料理仕事をしていましてね、そこでおいしい出汁をとるのに今ちょっと苦労してましてねえ、シイタケやコンブやカツオブシのおいしいのをあっちこっちで捜しているんですよ。それで斜里の友人の川島君に聞いたら、ここのコンブがおいしいというので、その産地まで見学に来たというわけです」

小田さんはまず要領よく突然たずねた用件を話した。

しかし見学というだけではそれに応えるほうもちょっと困るだろう。コンブ漁のどこをどんなふうに見学したいのか、簡単にはそのひととおりを見ることはできないだろうからどう説明していいか迷う筈だ。そばにいる私にもそのへんのことはわかる。

けれど北村さんは根っから人がいいようで、

「そうですねえ。コンブっちゅうのはまずそれを海の底からひっかけて取るところから始まるわけですわ」

と、そのセーターの下にいかにも力コブが出ていそうな両腕を振り回し、何かの器具を使ってコンブを取るようなしぐさをした。

コンブとりはゆるくない

このあたりでとれるのはオニコンブと呼ばれるもので、通称ラウスコンブ。良質で味がよく、日本のコンブのなかでは最高級といわれるマコンブと同格に扱われているものだという。水深二〜十メートルぐらいのところにはえており、全長五〜七メートルぐらいに生長する。ずいぶん大きいコンブなのだ。

漁期中は毎朝六時に出ていってコンブをとって船に積み、陸揚げしてすぐに天日で乾燥させる。そうしたひとどおりのことを説明した北村さんは、

「まあやっていることはそんなようなことですわ」

と、だいぶ照れくさそうな顔で言った。煙草の煙がすうっと細ながくそのあたりを流れていく。

「コンブをねじ切るんですか。それは鎌のようなものを使ってやるんですか？」

小田さんが聞いた。

「いいえ、なんちゅうのかな、昔のサスマタのようなものがついた長いぼっこ振り回してコンブ挟《はさ》んでねじ切るんですわ」

「あの長くてぶ厚いコンブをねじ切るんですか？」

「あんた、外で実際に見てもらったほうが簡単で分かりやすいんでないかい」

奥さんが首を伸ばし、窓の向こうの海岸のほうに目をやりながら言った。

「そうだな。おれがむずかしいこと喋ってるよりも見てもらったほうがなんぼかはやいべな」

みんなで頷き、また外に出た。波打ち際に小型の漁船が引き上げられており、北村さんはそこに我々を連れていった。

漁船の上に長さ七～八メートルの棒が二本斜めに置かれていた。北村さんがそれを手に取る。

「わたしらこれを懸鉤《かけかぎ》といって船の上から箱眼鏡で水の中を見ながらこれを使ってねじ切るわけです」

長い棒の先端が二股に分かれ、それで水中のコンブを挟むようになっているらしい。

北村さんは片手に握って水の中でコンブをねじ切る動作を見せてくれた。片手で簡単にやってのけているが、私がやってみるとその道具だけでもそうとうに重い。水の抵抗のある海中でこれをあやつり、コンブを棒の回転でねじ切って、さらに収獲したコンブを船の上に引きあげる、というわけであるから、考えただけでも大変な重労働である。

改めて北村さんの太い腕を眺めてしまった。

「大変な仕事ですね。こういうのが北の漁師のワザというんでしょうね」

小田さんも同じことを感じたらしく私が思ったようなことをそのまま言っている。

「ええ、まあ忙しいときはゆるくないですね」

「ゆるくない？」

「はは。ここらではね、きついことをゆるくないというんですよ」

奥さんが笑って解説。

「それを朝六時からどのくらいやるんですか？」

「四時間ですね。そのあと浜に広げて干さなければなりませんから」

「これがまたゆるくないですよ」

奥さんが明るい顔をしてまた笑った。

「夏の最盛期は時間との勝負ですからね、うちの息子やその友達にアルバイト頼んでもう毎日休みなしですよ」

「アルバイト代はどのくらい出すんですか？」

小田さんは商売人らしくそんなことまで聞いている。

「うちは四〜五時間で六千五百円ですね」

「それは結構いいじゃないですか。高校生のアルバイトとしては」

「いいですけどね、その仕事が子供にはえらくきついんですわ。もうその時間無駄話ができないくらい休みなしですからね。それにコンブは濡れていると結構重いからチカラ使うし」

「ああなるほどね」

「それでも学校の部活休んでうちのアルバイトやってくれるんでずいぶん助かっているんです。このあたり夏になるとアルバイトの取り合いですよ。なにしろここらは過疎地なのでモトの人口が少ないですからね」

一日に百六十キロから二百五十キロ、平均二百キロぐらいを干し、夕方になるとそれを回収し、翌日またそれを繰り返す。しかもそこに新しいコンブが入ってくる。その繰り返しだから休みというのがない。

雨が降っている日は乾燥途中のコンブを丸めて縛り、また海の中に漬けておくのだそうだ。生乾きのままだと品質に確実に影響してくるからである。

「乾燥途中で放っておくとコンブの全体がねっぱって（くっついて）ネロネロになるのさ。そうしたらもう駄目だね」

北村さんが言う。

「その労働が大変だけど北海道の夏は空気が乾燥していて晴れる日が多いからね、ちゃんと朝干して夕方まで太陽が出ていると、いちどかっぱがす（ひっくり返す）ぐらいで夕方には乾くんだわ。そのときの水分は大体一〇パーセントぐらいにまでなっていますよ。関東だと機械で乾燥させるっちゅうから乾燥小屋もいるしアブラ代もかかるしね。ここらはそのぶん人間が働くからいいものができるんですよ」

奥さんはなかなか説明がてきぱきしていた。

「干しおわるとどうするんですか？」

小田さんが聞いた。

「根を切ってまわりのヒダを切って板の上に広げて重しを乗せて伸ばすんです。それがすむと手で巻いていきます」

「それもアルバイトがやるんですか」

「子供には無理ですね。チカラを入れるコツがあるんです。だからここらでは奥さんがいないとコンブはやれないって言われてるんですよ」

奥さんはそう言って笑いながら旦那の顔を見た。旦那が日焼けしたいかつい顔をほころばせて少し笑っている。なかなか呼吸のあったいい感じのコンブ夫婦であった。

そんな話をいろいろ聞いているうちに一時間以上も長居をしてしまった。ちょうど暇な時間になったからいいですよ、とは言っていたがこの夫婦にはまだ仕事は山とある筈だった。

小田さんは「東京へ帰ったら改めて手紙を書きますが、これを縁に今後定期的にこのコンブを仕入れさせてもらいたい、と思っているんですよ」と言った。

旦那はうなずき「本当は組合のほうを通してやらないといけないキマリがあるんですが、まあ少量だったらかえって面倒ですからじかに送りますよ」というサッパリした内容の返事をした。これで小田さんの今回の旅のひとつはうまくいった、というわけだ。

羅臼の町に向かった。今日はそこで泊まる予定だが、まだ宿は決めていなかった。どうせ観光シーズンから外れているし、民宿だったら簡単に泊まれるだろうと踏んでいた。

羅臼の町も斜里にまけないくらいひっそりとして活気がなかった。もうすっかり北海道の長距離ドライバーのような顔つきとハンドルさばきで小田さんは器用に町のあちこちを走り回り、いくつかの民宿の看板を見つけた。どこも客がいそうな気配はなかったが、ちょっとした高台にあって海がわずかに見えそうな宿を見つけた。

「まあ見たところあんなところだろうね」

私はすべて小田さんにまかせっきりにしている。うっかり私が選んだ宿に入ってみるとひどい状態だったなどと、それについて追及されるのはゴメンだった。どうせ一晩の宿であるから私は寝られればそれでいい。

遠くから見ると薄い水色の家壁がなかなかしゃれた建物に見えたのだが、すぐ前までいくとペンキで全体を塗りたくったようないかにも安普請の二階建てだった。

小田さんだけ降りて宿泊の交渉に行った。黒い毛の小さな犬がいて、乾いた声で間欠的にやる気なく吠《ほ》えているが、なんで吠えているのか吠えている犬自身にもわかっていないようだった。吠え声の中を小田さんが出てきた。

「泊めてくれるそうですよ。だけど夜の食事は断っておいた。こういうところで飯を食うよりソトの居酒屋などで飲んだほうが旨いだろうと思ったのでね」

「了解です」

そういうこともすべて小田さんまかせにした。小田さんとしては全国の居酒屋に行ってそれぞれから商売の何かのヒントを捜しているのだろう。

隣あわせに二部屋が用意されていた。あまり愛想のないおばあちゃんが部屋を案内し、お風呂に入る時間を聞いた。

「夕ごはんも頼まないでいるからお風呂もいいですよ、おばあちゃん」

小田さんはヘンテコなことを言っていた。夕ごはんを食べなくてもお風呂ぐらいは入りたい。宿のおばあちゃんも「お風呂わかすのなんてガスひとつでできるんだから、簡単なんだから入りなさいよ」

と小田さんに言っている。

「ありがとう。でもあのね、ここに来るとき海岸のところでタダのお風呂見つけたんですよ。国道沿いに番小屋みたいな温泉があるでしょう。あそこに行こうと思ってるんですよ」

海岸べりの温泉のことはおばあちゃんもよく知っているようだった。おばあちゃんは納得し「布団はどうしましょうねえ」と言った。

「布団は敷いておいて下さい。どうせ町で飲んで酔って帰ってきてすぐ寝るだけでしようから」

納得しておばあちゃんは階下に降りていった。

私はいくらか疲労感があったので部屋に入って畳に寝ころがり、持ってきたのはいいがずっと読まずにいた本をパラパラやっているうちにどうもあっけなく眠ってしまったようであった。少し肌寒いのと、小田さんの「おーい」という声が一緒になって目を覚ました。窓からのあかりがだいぶ暗くなっていてかなり時間が経ってしまったのが驚きだった。

「よく寝ていたね。二時間はぐっすりという感じでしたよ。でも私はもうお腹が減ってしまったよ」

戸口に立って見下ろしながら小田さんは言った。私は慌てて起きあがり、窓から外を眺めた。そのあたりいくらか高台になってはいるもののまわりの家々の屋根のほうが視界の中に断然多く、その屋根の先の遠くにわずかに見える海が午後の斜光に光っている。

「今私はひととおりここらを回ってきたんだけれど、すぐ近くに面白いものがあったよ。本好きの君に教えたほうがいいと思ってね」

「ええ？　いったい何ですか？」

「あれは図書館本屋さんとでもいうのかなあ。図書館と本屋さんが一緒になっているんですよ。五時までやっているから今いけばまだ見られるよ」

初めて聞くものだった。これまで随分あっちこっちへ旅をしているが、どんなにさびれたところでも本屋さんがあると必ず入ることにしている。そこの土地でないと置いていないような本にいきなり出会ったりするからだ。なんのかんのと一緒に旅をすることが多い小田さんはそのへんの私の興味をよく知っている。

大急ぎで支度をして外に出た。暇だからというので案内人として小田さんも一緒についてきた。民宿の前のなだらかな道を降りて町の通りに入ってすぐのところがその「図書館本屋さん」であった。

コンクリート造りの平屋《ひらや》の建物で、その中にいかにも田舎の図書館という感じのシーンとした本棚の並ぶ部屋があった。そしてその隣になるほど確かに本屋さんらしい一角がある。図書館の棚と本屋さんの棚の差は明確で、並べられた本の背に番号を書いたシールがあるかないかで簡単に区別できる。しかしそのどっちも本やその空間の空気そのものにまるで元気がない。図書館側にも書店側にも人の姿がなかった。客も店や図書館側の人もである。

「誰もいないんですね」

「さっきはあのカウンターのところにお兄ちゃんが一人いたんだけどねえ」

とりあえず売り物らしい本の棚を眺めて行った。こういうところではその地域だけにしか出ていないような本がときおりあって、そういうのを捜すのはよくやっているから大体の場所の見当はつく。そうしていきなり私は発見したのだった。

『日本産コンブ類図鑑』改訂普及版。一九九三年に北日本海洋センターというところが発行した、タイトルどおり日本のコンブを詳しく網羅したコンブ探究のためにはタカラモノのような本である。四千八百円。

私はさきほど北村さんから具体的なコンブ漁の話を聞いてその世界に急速に興味を持ってきていた。東京に帰ったら早速神保町あたりの古本屋に行ってその関連の本を捜してみようと思っていたのだ。

ハタから見たら理解できない人もいるだろうが、思いがけないところでこういう稀《き》覯《こう》本を突然見つけたときの喜びやコーフン度というのは他に例えようもないものだ。それを鼻息も荒くそれを胸に抱えたが、どこで誰から買ったらいいのかわからない。それを見ていた小田さんが、察しよくカウンターの向こうにあった小さな事務室にむかって声をかけていた。

「ちょっと、お客さんですよお」

少し間をおいて眠たげな顔をした青年がもっそり顔をだした。

図書館と本屋さんが一緒になっていると思ったのは間違いでここはあくまでも図書館なので売ることはできません、などと言われたらどうしよう、と思ったのだが、そんなことはなくやはり書店の機能も持っているのであった。

「ここは図書館と本屋さんが一緒になっているんですよね。私ら初めてこういうのを見ましたけど、どうしてなんですか？」

小田さんがその眠たげなお兄さんに早速質問している。小田さんは「何だろう？」と思ったらすぐに聞かないと気のすまない人なのである。

「あっ。えーとこの近くに本屋さんがあったんですが経営できなくてやめるということになったんですがそれでは町に本屋がなくなってしまうので困るというので町がこの図書館と一緒に管理していこうということになったんです」

青年は切れ目なしにボソボソとそのように説明した。

なあるほど、というわけである。

店の中で買ったばかりのコンブの本を広げると、さっき北村さんが言っていたオニコンブが出ていた。大きな写真もついている。ぱらぱらやって驚いたのだが、マコンブ、カラフトトロロコンブ、リシリコンブ、ナガコンブ、エンドウコンブ、ゴヘイコンブなど沢山のコンブがずらっと目次二ページにわたって並んでいる。扉のところに四十五種類のコンブやワカメなどの海藻類を網羅してあると書いてあった。

「うわあ小田さん、これは凄いです。北海道だけでもコンブ関係が四十五種類もあるんですよ」

思わず大きな声を出したが、返答がないので顔をあげると、すでに小田さんの姿はなかった。カウンターで元気のないお兄さんがぼんやりこっちを見ている。

近接している居酒屋の三店ほどが候補になったが、どれも似たような内容だな、と小田さんはいくらか残念そうに言った。何か思いがけないような珍しい肴のありそうな居酒屋がないかとひそかに期待していたようなのだが、観光客もおらず、不漁続きで海も港もひっそりしているのだから、居酒屋だけ元気があるわけはないのだ。

もうこういう場合はどの店に入っても同じだな、と小田さんがいうので一番ひと気のありそうな店に入った。カウンターがあって小上がりがあって壁に無造作に模造紙に書いた定番メニューが貼ってある。カウンター席に男二人とおばさんが一人。小上がりに男たち四、五人が賑やかに酒盛りをしていた。そのはしっこのほうに座る。

我々が座ったとたんに酒盛りしている男の一人がこっちを見た。だいぶ飲んでいるらしく目が赤く血走っている。よくわからないヨソモノがきたな、というわけなのだろう。

　小田さんは早くも壁のメニューを子細に眺めまわし、素早い検索、考慮、検討、決定の方向に入っている。私は酒の肴よりもまずは生ビールを飲みたかったのだが、どうやらこの店は瓶ビールしかおいていないようであった。

「キンキンがあるねえ。まあ北海道にきたらこれがあるかぎりまず食べなきゃならないだろうねえ。それになぜかハタハタがありますよ。ハタハタといったら秋田県だけど、またそろそろこれが復活しているのかねえ。それからまあ私は斜里に続いてここでもボタン海老でしっかり勝負しますよ。そうだな、イカもやっぱりここまできたからには食べなきゃ申し訳ないものねえ」

　誰に申し訳ないのかよくわからないが、まあこんなふうに独り言のように言いながらたて続けに酒の肴を注文するときは小田さんが上機嫌というわけなのだったから、言うとおりにしていることにした。一昨夜斜里でボタン海老を食べすぎ、もうしばらく見るのもいやだと言っていたのに、早くもまるっきり忘れているようだ。まあ、しかし小田さんがこれだけ注文すればあちこち余りものが出るだろうから、私は何も注文しなくても当分それをあてにしていればよかった。

新宿の「呑々」でもそうだったが、小田さんは酒を飲むときはとにかく沢山の肴を目の前においておきそれで安心して飲む質《たち》なのである。店の臨時手伝いかなにからしいオカッパ頭をした青年がぎこちない口調で注文をとりにきた。小田さんが大きく明確な声で今の品物を注文する。

隣で賑やかに酒盛りをしている男たちのひとりがまた振り向いて我々をじっと見ているのに気がついた。さっきこっちを見ていた男だった。こういう小さな港町の場合、まれに偏屈なやつがいて、どこから何の用できたのかわからないヨソモノに酒に酔ったイキオイで何ごとか難癖をつけ、絡んでくるようなのが時折いる。とくにこの頃の北海道はどこも不漁続きで漁師たちが鬱屈したり荒れていたりでいろいろ問題を起こしている、という話を聞いたばかりであった。

「だけどそれにしても、さっきのあのコンブの人はなかなか自信に満ちたいい顔をしていたよねえ」

大声でいささか荒れ気味で飲んでいる隣の漁師らしい一団に背中をむけているので、小田さんはそんな連中の中に血走った目でしきりにこちらを見ている奴がいる、などということを知らないからますます上機嫌になりながらそんなことを言っている。ビールと小田さんの頼んだアツ燗が運ばれてきた。突き出しはイカの塩辛と行者ニンニクのあえ物である。

毎度のとおりコップで乾杯、カチリとやってお互いに静かにそれぞれのサケを飲んだ。

「ねえそうでしょう。あの夫婦はなかなかよかったねえ。こういう寂しい土地でだよ、漁師は不漁に喘《あえ》いでいるけれど、考えてみるとコンブとはいい仕事を選んだもんだと思いましたよ。第一コンブは逃げないものねえ。じっとおとなしく北の荒海の中で育ったやつをエイといってねじり切ってくるだけでいいんだもの。それでしかも日本料理にはあのコンブは欠かせないもんだからねえ。需要はしっかりしているし、まあ今日思ったんだけれど、あのコンブ漁というのは海の農業あるいは酪農のようなものじゃないかとね、そう思ったんですよ。ね、これは素晴らしい思いつきでしょ。その点、漁師というのは相変わらず魚の気まぐれで右往左往しているんだからこれはもう気の毒なものだとね、今日はそんなふうに思いましたよ。そういう意味ではあの政治君のやっているナマコ漁というのも海という畑を相手にした海の農業という感じがするでしょう。だからあれはあれで政治君はなかなか頭のいいことを考えたんだなあ、と私は思いましたよ」

まだアツ燗を二口、三口というところだが、小田さんは早くも何時ものように上機嫌になって大声で喋っている。その小田さんの背中のむこうからまたあの男が血走った目で振り返り、こっちを見ているのがわかった。

サンマー騒動

「なるほどコンブやナマコ漁は海の農業というのは面白い発見ですねえ。いやこういう場合、発想というのかな……」

　私は小田さんの話に相槌《あいづち》を打ちながらも、小田さんの後ろ側にいる漁師らしい男がしきりにこちらを見ているのにすっかり気をとられ、小田さんとの会話がウワの空になっていた。

　血走ったような赤い目の男はまだ三十代後半ぐらいだった。日に焼けてなかなか精悍な顔をしている。ときどき私と目が合うようになった。酔った調子でヘンな因縁をつけられてまずい酒になるのも嫌だったので、私はできるだけそいつと目を合わせないようにしていたが、何度目かの強い視線を感じた時についにバシッと、目と目が合ってしまった。

こういう時に急いで目をそらす、というのもなかなか難しいもので、私とその男はしばらく睨《にら》み合った。

(まずい……)

そう思ったとき、いきなりその男が、

「ニカッ」

と笑った。

「ん?」

笑うとその男の顔がいきなり小学生のような無邪気な表情になった。前歯が一本欠けているから、笑っていくらか下がった目尻と一緒にあどけない表情に変わっている。

男は、機を得たり、とばかり左右に体を揺らすようにして立ちあがり、どうやらこっちの席にやってこようとしている。

「ん? なんだなんだ?」

そういう事態の急変も知らずに小田さんは、続いてしきりに回遊魚についての話をしている。回遊魚は海の旅人だなあ、なんていうどうでもいいような話だ。

漁師ふうの男はやっぱりこっちにきた。私の隣にくると、また体を左右に揺らすようにしてふわりと座り、私の前にいきなりお銚子を差し出した。

そこまで目がいかなかったが、男は自分の席のお銚子を持ってきたのだ。

「酒いっぱいどうですか」

無理して丁寧な言葉を使っているようで、それが自分でもテレくさいのか、また欠けた前歯をみせて笑っている。

私は言われるままに自分のグラスを出した。

今までビールを飲んでいたグラスにアツ燗ということになるが、ちょうどカラになっていたからまあそれでいい。

小田さんが「あれま?」という顔をして私の顔とその男の顔を交互に見ている。

「急でなんだけどよ、おれ、せんせいの顔を知っているよ。本書いている人だろう」

男の丁寧語はさっきのひとことだけで限界のようで、たちまちこっちの席にやってきた理由を自分の言葉で喋っていた。

(なんだ、そんなことだったのか)

地方の居酒屋などにいくと同じようにして声をかけられることがよくある。この男のように何度も睨みつけるようにしてからやってくる、というのは稀《まれ》であったが、私はそのとおりだということをすぐに答えた。

「やっぱりそうだよねえ。おれらの仲間は本なんか誰も読まねえから確かめようがなかったけどよう。やっぱりそうか。うんそうか。あたっててよかったよ」

小田さんが、使っていなかった猪口をとり、もう一方の手で自分の飲んでいた清酒のお銚子を差し出した。

男はいかにも朴訥《ぼくとつ》に小さく何度かうなずきながらその猪口を受け取った。

「見たところあんたは地元の漁師みたいだけど、今は何を捕っているの？」

小田さんが相変わらずの人なつっこい表情でもう質問している。

「スケトウやってんだけど今は季節じゃないからよ。底モノの手伝いなんかやってんのさ。どっちみち今は何しても景気はわるいけどな」

「ニシンはどうなの？」

「今はもうまるでだめだよう。北海道の魚は今はアキアジぐらいしか儲からないね」

男はお返しに小田さんのグラスに自分の持ってきたお銚子の酒を注いだ。

「カニはどうなの？」

「カニもだめだな。今はタラバもハナサキもみんなロシアが捕ってな、日本に売りにくるのさ。根室あたりに行ってみなよ。町を景気よく歩いてるのはロシアのやつばっかりだよ。だからラーメン屋だって床屋だってみんなロシア言葉の看板だしているから日本人には読めねえってかあ。こうなったら北海道のカニももう駄目だろう」

男はそう言ってまた可愛らしい顔になって笑った。

「ナマコはどう？」

「ナマコ？　あのナマコかい？」

男は怪訝《けげん》な顔になった。

「斜里のほうで見てきたんだよ。ナマコ漁」

「ああ、斜里のゴロタかい。この頃ゴロタを捕っているんだってなあ。聞いたことがあるよ。だけどあんなのは漁じゃないよ。海のゴミだもんなあ。ゴミひろってそれで金になるならみんな大金持ちだなあ」

男はそう言ってぐいっと猪口の酒を口にほうりこんだ。

そういえばナマコ船の政治君が、斜里と羅臼の漁師は気性がまったく違っていて、互いによく言わない、と言っていたのを思い出した。ここで小田さんがその政治君のナマコ船の話などすると事態は急に思わぬところへ荒々しく変化していく危険もあったから、私は少し焦った気分になった。

「マグロやカツオなんかはどうなんです？」

話をそらそうと慌てて私はそんな質問をしたのだが、よく考えたらそのどちらも北海道にはあまり縁のない魚だということに気がついた。

「マグロは大間だよう。津軽海峡だ。おれらもあのくらいバクチになるような魚を狙えたらこんなところにくすぶってないよう」

男はすぐにそう答えた。間抜けな質問だったが、とりあえずの危機はそれで回避できたようだった。それから男は改めて座りなおし、小田さんに酒を注いで貰った。

後ろの座が急にざわついて、男たちが立ち上がるところだった。酒宴はおわり、みんな帰るところのようだった。

「おお、セイジ、おめえそんなところにいたのか。そろそろ帰るぞい」

禿頭《はげあたま》のそれを真っ赤にしたタコ入道《にゅうどう》のような親父ががさついた声で言った。よかった。これで何事もなくこの男も帰る時間になったようだ。

「いいよ。先に帰ってくれ。おれはこの知り合いともう少しやっていくからよ」

私の隣の歯っ欠けの男はそんなことを言っている。我々はいつの間にかこの男の知り合いになっているようだ。

そういえばあのタコ入道がこの男を「セイジ」と呼んでいた。音《おん》読みにすればはからずも斜里の政治君と同じではないか。字までどうなのかはわからないが、偶然とはいえ、こっちも知り合いのような気分になってきた。

小田さんはこの急に現れた漁師から海の話を聞くのが楽しいようで、こっちのセイジ君にさらに酒を注いでやっている。

「今のはあんたの友達の漁師かい。みんな暇みたいだねえ」

「そうだよ。漁師がオカにあがってたら何も稼げないからよう」

セイジ君が無念そうな声を出した。

「その暇な時間はみんなどうしてるの？」

「まあテレビか酒だな。おれはもっぱら麻雀だけどよ」


成り行きというのはわからないものだ。こっちの漁師のセイジ君は清次という文字だった。その清次君と小田さんがじきに意気投合し、漁の話から麻雀の話になり、この町にも麻雀屋、通称、雀荘《ジャンソウ》がある、という話を聞いてからにわかにそれでは一《ひと》勝負どうか、という話になっていったのだった。

まあ、どっちにしても私も小田さんも何か用があるというわけではなく、結局はそのまま飲んでいるだけの夜、ということになっていくだろうから、こういうハプニングというのも楽しい。

そして清次君が連れていってくれたその町の雀荘というのがまたナカナカ不思議なところなのであった。

外観は看板も何もないまったく普通の平屋の民家であった。引き戸を開けると普通の土間《どま》があり、乱雑にいろんなものが置かれている。

その先に六畳間と八畳間ぐらいの部屋がふたつあり、六畳間のほうにはこれもごく普通の流しがある。その部屋はどうやら以前は台所兼食堂だったらしいが強引に畳を敷いたらしい。六畳間に一つ、八畳間に三つの座卓式の麻雀台が置いてあった。

麻雀台はごく普通のものだが、それを囲む四つの席の隣に緑色のプラスチックのゴミバコとピンク色の洗面器が置かれている。どちらも下品な原色で、しかもゴミバコにしても洗面器にしてもやたらに大きい。そういうものが四卓にそれぞれ四セットずつ置いてあるから十六セットがわっと目に入ってくるのである。

「なっ、なんだコレハ？」

そう思って小田さんの顔を見たが、やはり同じように思っているということが顔に書いてある。

「なんですか、この洗面器やゴミバコは？」

思ったとたんに口に出している小田さんがそのとおりのことを言った。

清次君は小田さんの質問の意味がすぐにはわからなかったようだが、やがて説明してくれた。

「この洗面器は金入れですわ。洗面器が千円札。ゴミバコは万円札」

説明はコトもなげであった。

「ああ、現金勝負ね。しかし派手ですねえ」

小田さんがつくづく感心したように言った。

「何が？　ああ洗面器の色かい」

清次君は我々がいちいち感心しているのが不思議なようであった。

とにかく座ることにした。

「サンマーなんですね」

小田さんが聞く。

麻雀は普通四人でやるゲームだが、三人でもやれるようなイレギュラーな遊びかたもある。それを通称サンマーと言った。通説では関西あたりで始まったきわめてギャンブル性の強い荒っぽいルールである。

「このあたりではサンマーが普通ですか？　マンズ抜きの風牌《かぜパイ》ドラというやつですね？」

新宿の小田さんの店「呑々」で草野球仲間と飲んでいるときにはほとんど麻雀の話などしたことはないのだが、昔はけっこうあちこちで遊んでいたらしい、という噂どおり、小田さんは結構なギャンブラーのようであった。

私はサラリーマンの時に先輩に無理やり教えられてカモられていた程度なので、やり方はわかるが勝ち負けの点数も数えられない初歩の遊び麻雀程度しかできない。

「ここではサンマーが普通だね。漁師は頭悪いからよう、簡単なサンマーのほうがいいんだわ」

「じゃあ、なぜ四つの場があるの？」

サンマーは三人でやる麻雀である。どの卓にも四つの座椅子があり、それぞれに洗面器とゴミバコが置いてある。小田さんはそれに疑問を持ったらしい。

「場にこだわるのが多いからね。漁師は方角にゲンかついだりするからよ」

清次君は軽快に答える。

「じゃあやるかい。場決めはこっちのやりかただとサイコロのピンの目だしで、六五四だけどそれでいいかい」

私には清次君の言っていることがなんだかよくわからなかったが、小田さんはすぐに理解したらしい。頷いて、清次君にサイコロを渡した。最初にふってごらん、というわけだろう。

清次君は五の目を出した。次が私のようである。私は二の目だった。

「クック」

と清次君が笑っている。

小田さんが額のあたりにサイコロを持っていってそこでいったんクルリと指の中で回してから卓上にコロンと落とした。

一の目であった。

「さすがあ。新宿のひと！」

清次君が明るい声で言う。さっきの飲み屋で小田さんが新宿で居酒屋をやっている、ということを聞いて清次君はえらく感心していたのだ。

その段階で、私は今のピンの目だしというのが、サイコロの一の目が一番強く、次いで六、五、四と弱い目になっていく、ということがわかった。

小田さんは部屋の入り口とは反対側の押し入れの襖《ふすま》を背中にする席を選び、清次君はその向かい側の席を選んだ。私はそのどちらか一方の側ということになるが、そんなのはどっちでもいいことだった。汚れた座椅子の背が柔らかければそれでいい。

麻雀卓は自動式ではなく手積みである。

マンズ、ソウズ、ピンズの三種類の牌《ハイ》からマンズの一と九を除いた牌を不要とし、通常のドラは裏表がつく。さらに一マンと九マンと風牌の「東南西北《トンナンシャーペイ》」が全部ドラになる。固定したドラの数は四十八個。これを持ってくると手牌から外に出しておく。一種の貯金牌で、上がったときはこれの数が文句なく勝ち点として加算されていく。あとの役手は通常の麻雀と同じであった。

各自の場所が決まり、配牌も決まったところで、

「やりながらビールかなんか飲むかい」

と、清次君が聞いた。それを聞こうと思っていたところであった。

雀荘というのに何時までたってもこの店の人が現れず、そういう場合ビールなど飲めずにゲームをやるのだろうか、といささか不服に思っていたところだった。さっきの居酒屋の酒が完全にアトをひいている。

「ビール飲みたいですね」

私が言うと清次君は流しの横の食器入れらしい棚に行ってコップを三つ、それから冷蔵庫をあけて大瓶のビールを二本、片手で器用に口ガネのところを掴み、瓶をカチカチいわせながら持ってきた。どうやらこの雀荘はすべてセルフサービスらしい。

とりあえず三人で最初の冷たいビールを一口飲んでゲーム開始となった。

「ところでサンマーだから、どこかの単位で区切りをつけないといけないですね」

小田さんが聞いた。

「おれらは普段、時間でやってんですよ」

「はーん。普通は？」

「一時間ってとこですね」

「じゃあ一時間でシメましょう」

「今が十時十五分だから十一時十五分までってとこですか」

清次君が自分の腕時計を見て言った。小田さんも自分の腕時計を見る。

「レートはどのくらい？」

「一時間で二、三十万てとこでしょうかね。今は景気悪いから」

清次君が笑った。欠けた歯がいきなり不気味に見えてきた。


淡々とゲームが進んでいた。

サンマーは一回戦ごとの勝負である。ドラが異常に多いので得点は普通の麻雀とは比較にならないほど早いスピードで高くなり、いい手や綺麗な手など作っているよりも、とにかくドラを沢山集め、とにかく誰よりも早い手で上がったほうがとにかく勝ち、という「とにかく」型のスピード勝負なのである。

清次君はいい気分で酔っているようであり、ひょんないきさつながら新宿の居酒屋の主人や作家先生とこんなふうに自分の町で麻雀をやれるのは嬉しいですよ、明日は親戚中に今夜のことを電話しなきゃなんねえなあ、などと気楽なことを言いながらかろやかに牌を引き、打っている。

その一方で小田さんはあまりしゃべらなくなってしまった。私はさっきの一勝負二、三十万円という話と、かたわらにあるいくら時間がたって見慣れてきてもやはりあまりにも下品な色のプラスチックの洗面器とゴミバコに幻惑されていて、どうも落ちつかない。

開始して二十分ぐらいしたところで玄関の戸がいきなりあいて賑やかな話し声がひとかたまりになって入ってきた。酔っている親父たち数人と、女の声である。そのまままいろんな声をからませて居間に上がってきた。

最初に小田さんや私の顔が見えることになるのでちょっと驚いたようだったが、清次君の後ろ姿をみつけ「おお、セイジやってんのか」と、そのうちの一人が言った。

三人の男の中にさっきの居酒屋で見かけた顔があったような気がしたが、はっきりとはわからなかった。女は四十前後のいかにも水商売ふうで、強引に盛り上げたような髪に濃い化粧をしている。

ここの常連のようで、男たちはすぐに洗い場のある六畳間の卓のまわりにすわり、ここに来るまでしていたらしい話の続きをしている。

「ロン」

という声がして清次君が両手でふわっと牌を倒した。

「国士無双」

小田さんが振った九ピンがアタリだった。役満である。

「ふーん」

小田さんが首をのばし清次君の手を覗きこんでいる。

「またヤクマンかよー。あんまり派手にやるなよセイジー」

隣の席で誰かが言った。

「お客さん。セイジはコクシが得意ですから気をつけてくださいよ」

別の誰かが言った。

「イネちゃん何か飲むの？」

「あたし梅酒」

今きた一団の中の水商売ふうの女はイネちゃんというようだ。そんな話を聞きながら我々の牌がかきまぜられ、またおのおのの配牌が素早く終わった。今勝った清次君が最初の牌を切り出す。

「カン」

と言って小田さんが清次君の出した九ピンを鳴いた。ドラだった。

「いけねー。役満あがったんで喜びのあまりついガードがゆるんじゃったみたい」

清次君がビールを飲みながら言った。

私のところに「白牌」が来た。いらないのでそのまま捨てると、「カン」といって
小田さんの手牌から「白牌」が三枚出た。

「おお、凄い。いいナキです。すんません」

清次君が言い、積もった牌と一緒に自分の牌をそっくり倒した。

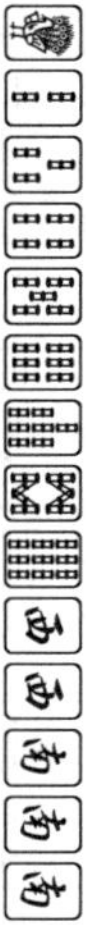

「タテホン、イッツウ」
ソウズが一から九まで綺麗に並んでいた。

小田さんが黙って自分の牌を崩してかき回した。どうも小田さんの牌の中にはピンズの同一牌が一杯入っているようだった。相当高い手のようである。我々の卓のまわりの空気があきらかに剣呑《けんのん》になっていた。

負けたら溶ける隠し技

「だけどイネちゃんこんな時間にこんな親父どもと遊んでいていいのかい？　お店まだやってる時間だろ」

節くれだった指にしてはいかにも手慣れた素早い動きで散らばった牌をかき集め、器用に正確に同じ数の牌を並べて二段に重ねながら清次君が背中のうしろにいるイネちゃんに聞く。

「本当はこんなコンブ臭い親父とこんなことしてないでお店やりたいんだけどねえ。急に開店休業になっちゃったんだよオ」

イネちゃんがいくらかタバコ掠れのした声で言う。

「コンブ臭くて悪かったたね。常連のいい客を前にしてそうやって毒づいてるような人生おくってるから、ああいうことになるんだよ」

コンブ漁をしているらしいカサついた声の男が言った。

「あんなことってどうしたの？」

「水道管だよオ」

もう一人の男がいやにカン高い声で言った。

そんな会話を聞きながら我々の卓の上には目まぐるしい早さで牌がつかまれ殆ど同時に別の牌が切り出される。両方の卓でそのパシリパシリという乾いた音が不思議なくらい正確に規則的に続いている。

「水道管が破れちゃったんだよオ」

コンブ漁の男が笑い声をまじえつつ言った。

「つたく！」

イネちゃんの声がしてパシリと牌が叩きつけられる音がする。

「ロン！」

三人目のこれまたカン高い声の男だった。

「三暗刻ドラがエート九ツね」

「ひぇえ九ツもかヨォ」

「つたく！」

イネちゃんの声はさっきよりももっと大きくていまいましげになっている。

「こっちもロン！」

清次君が手にした牌をカチリッと自分の牌列の一番右端にぶつけて全部を倒した。

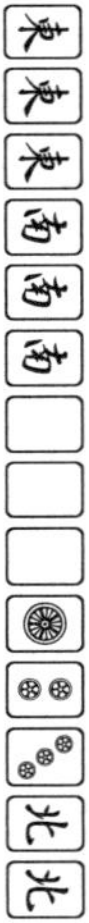

「ひえ！　ほんとですか？」

うめきながら言ったのは私である。

小田さんが不思議な無表情で煙草を吸っている。普段は吸わないのに何時の間にか清次君のを一本貰ったらしい。しかし困ったことになった。こんな激しい麻雀に遭遇《そうぐう》するとは思わなかったからズボンのポケットには一万円札が二〜三枚ぐらいしか入っていない筈だ。一晩かぎりの勝負だから借りるわけにもいかない。小田さんはいくらぐらい持っているだろうか。とことん負けたら落語の「付き馬」じゃないけれど宿までついてきてもらうしかない。

「くく。悪いね。北をさらすのを迷っているうちに二ツ続けて来ちゃったんすよ。すいませんね」

清次君が欠けた前歯を見せながら笑った。

小田さんは黙ったまま同じペースで牌をかき回している。両手を使っているからくわえたままの煙草の煙を口の端から器用に吐きだしている。アレ？　小田さんは煙草を吸っていたんだっけ？

「小田さんタバコ吸うんでしたっけ？」

「いや。久しぶりに麻雀やったら急に吸いたくなってネ。ここにあった清次君のハイライト黙って一本もらっちゃった。いいよね、それだけ高いのアガってんだから。ついでにライターも借りたよ」

「いくらでもいいっすよう。タバコなら早く言ってくださいよう」

たて続けに高い手をあがっているから清次君が御機嫌なのもわかる。我々の卓の上は早くも次のゲームに入っている。小田さんも清次君も手の動作が早いのでその動きについていくだけで精一杯で私のほうはまだ一度も聴牌《テンパイ》のきざしさえない。

「で、イネちゃんの店は水道管がハレツして水びたしになっているわけかい？　それでみんなしてここに避難してきたの？」

清次君がまた背中の方向に言った。

「まさかあ。コミネさんがきて今直してもらってるのよオ。だけど今日中に直るかどうかだって。ったく!」

「小峰配管のスケ坊か。あいつ最近宝クジあてたんだってなあ」

コンブ漁の男が言った。

「えっいつ? 私には何も言ってなかったよ」

イネちゃんの声がまたひときわ大きくなった。

「イネちゃんに言ったらツケの分そっくりふんだくられると思ったからじゃないの」

「いくらアタったのよ?」

「たいしたことないんだよ。十万とか二十万じゃなかったかなあ」

「ちょうど手頃な額よね。リーチ!」

リーチというところでイネちゃんの声がまたいくらかはねあがった。

「ロン」

コンブ漁の男がわざとと思えるくらい低い声を出した。

「悪いね。ここんとこコンブ漁調子ゆるくないからね」

この声を聞きながら「くくくっ」と笑って、清次君が三枚さらしている北に四つ目の北をカチリとぶつけた。

「カン!」

「サンマーにも北カンってあるんですか」

小田さんがのんびりした声で聞いた。

「ええ。一牌ずつさらしたのじゃなければ普通のポン、カンと一緒っすよ。サンマーは回りが早いからカンドラがけっこうのりますからね。ポンしてカンを狙ったほうがそれだけ面白いですね」

「そいつはねポンカンのセイジっていわれてましてねカンが好きなんですよ。ポンなきものにカンはなし——なんて言ってね」

隣の卓のコンブ漁の男が説明する。

「それじゃチャンカンってのもアリですか？」

小田さんが聞いた。

「ええ。普通と一緒ですよ」

「それじゃこんなので……」

と言って小田さんがゆっくり自分の牌を倒した。

「ありゃま」

清次君のカンをした最後の北が光っている。

「役満ですか?」

私は小さな声でつぶやき、しばし呆然とする。清次君への直撃だからこれはかなりの逆転技になる筈だった。

「ええ! 誰がフリコんだの? またセイジの国士無双かい?」

隣の卓の皆が振りかえり、立て膝をついてのぞいている。

「いや、その反対」

清次君がわざと陽気な声で言っているのがわかった。小田さんはあまり表情を変えず黙って二本目の煙草を吸っている。それも清次君の煙草であることは間違いない。

「すごかったですねえ。まるで麻雀劇画を見ているみたいでしたよ」

真夜中の道を宿に戻りながら私はすっかり小田親分のチンケな子分のような気分になってひょこひょこ跳ねるような足どりで言った。小田さんの悠揚迫らぬ〝中国大人〟のような静かで強烈なあの国士無双が出てからあきらかに頭に血がのぼった状態になった清次君がその直後から極端に大きな手づくりばかりにこだわり、それをことごとく小田さんが軽い手でやりすごした。それで清次君がさらにいきりたったような手でガシガシくるのを逆手にとって小田さんが大きい手でアガル、という展開になっていった。

隣の席ではやはり放銃の続くイネちゃんがどんどん酔っ払っていき、それをコンブ漁の男がゆるくない言葉でからかうものだから場の雰囲気が荒れてきて午前二時頃には二卓とも終了ということになった。

私たちの卓は結局小田さんの一人勝ちで、清次君が十万円近い金を小田さんに払った。しかし清次君はそれだけの大敗を喫しながら海の男らしく気持よく頭を下げ「いやあやっぱり新宿のひとにはかなわないですよ。だけど今度羅臼に来たときはこういう訳にはいかねえですからね。ケツの毛までむしらせてもらうか羅臼の海のコンブの下にころがってもらうかしてもらわねえと……」

歯抜けの笑い顔をしながらそういうスゴイことを言って夜更けの雀荘民家前で別れたのだった。

「あの清次君っての、中々いい奴だったですけどやっぱり地元の漁師ですからね。これ、時代劇だったらこのあたりでここらの暗闇の中からばらばらと黒ずくめの男が出てきて『ちょっとそこのダンナ！』なんて声がかかるところですね」

歩きながら私は言った。羅臼の海岸通りといっても現代の日本だから街灯はどこかしらにあるし、こんな時間でもクルマが時おり行き来している。闇うちにあいそうな危険な暗闇はあまりないようだった。それにしても今回の旅でいろいろ深まったのは「小田さんの謎」であった。新宿の「呑々」でつきあっているかぎりでは適当に奥さんの尻にしかれながら自分のペースと好みで好きなように板前仕事を楽しんでいる気のいい居酒屋の親父、という印象から脱け出ないのだが、こうして一緒に旅をしていると、新宿の自分の店の中ではまず見せないようなもうひとつ別の小田さんの顔が見えてくる。

今度の北海道の旅でも、ここに来る理由からしてもの凄く策略的であった。古い友人の川島兄弟の長男が肺ガンでもうあとがないだろうから会いに行ってくる、と言って奥さんをだましてきたのだ。それから実に堂々とした無免許運転で北海道の幹線道路を走っている。行きずりの、ひょっとしたらとんでもないあらくれかもしれない漁師を相手に十万近い現金をふんだくってしまった。こういうのを典型的な〝中年不良〟というのだろうなあ、と確信しながら、しかしそういう小田さんと旅を続けていくにしたがってますますこのおっさんが面白くなっているのだった。

「あのねえ……」

と、その小田さんがあと少しで宿に着く、というところでいきなり言った。

「今度の旅でいろいろ考えていたんだけれどねえ。せっかく自分の古い友人が勝負してるんだから、私もひとつ勝負してみようかな、と思ったんですよ」

今しがたまで麻雀劇画みたいな勝負をしてきたばかりだというのに、いったいこれから何を勝負しようというのだろう。私は足をとめて小田さんの顔を見た。

闇の中で私の表情はそういう疑問でいっぱいになっていたに違いない。

「ナマコですよ」

小田さんは言った。立ち止まった小田さんの真うしろに自動販売機が二つ並んでいたので、その光の陰になって小田さんの表情はよくわからなかった。

「ナマコがどうしたんですか？」

「私はね、中国人は信用してないんだ」

小田さんの言っていることはまるで脈絡がない。

「実は私には秘密があるんだけどね……」

小田さんは続けて言った。どうかハナシを統一し、簡潔に一貫して下さいよ、もう夜も更けてるんだし……というひそかな苛だちはあったが今は安易にそういう軽口が叩けないような気配になっている。

「まあその秘密はおいおい話していくとしてだね、私はとにかく中国人は信用してないんだ」

「はいはい」と言っていいのか「そうでしたか」と言っていいのか「だからなんなんだ」と言っていいのかどっちにしても返答に困る話が続いている。

「つまりね。私の友人の川島兄弟がいま羅臼の漁師に〝海のゴミひろい〟などと言われてバカにされながらも、ナマコの仕事でそれなりの成果をあげている。中国からはどんどん引きあいがきて、捕獲と出荷の量が間にあわないくらいだ、と言っている。友人としてはこれは本当に喜ばしいことなんだけれど、問題はその相手が中国ということなんですよ」

小田さんはそこでいったん言葉を切った。相変らずどういう応答のコトバを使ったらいいかわからない。しかもいきなり喋りはじめたところが自動販売機の前であり、その正面に私が立っているものだから小田さんの喋っている顔やその表情が相変らずよくわからない。しかもその話の内容が路上でいいかげんにかわす世間話というのともちょっと違うようだ。

「中国の商人を相手に仕事をして出荷量が間にあわない、ということは、中国はよっぽどその原料を欲しているわけですよ」

「そうですね。たしかにそうです」

やっと私はあいづちがうてた。

「川島兄弟は仕事がとめどもない、といって喜んでいるけれど、相手が中国、ということを考えると、これはもしかすると川島兄弟は中国の商人に騙されている可能性がある」

「ええ？　どうしてですか」

「本当はもっともっと高額なのかもしれないんですよ。いろいろ不漁であえいでいる北海道の漁師に今どきめずらしい大量の引きあいがあるんですからね。川島兄弟たちが有頂天になっているその奥にもっともっとボロ儲けしている連中がいる筈なんですよ。なにしろ相手は中国人ですからね」

小田さんはそこでようやくまたゆっくりと歩きはじめた。

「それとね……」

歩きだしたと思ったらまた小田さんの足がとまった。

「このあいだ川島兄弟と話をしていたときに安広の同級生の店のママが言っていることが気になったんですよ」

「えっ店のママがですか？」

「いやああいうカラオケバーでの話だから信憑性はまるであやふやだけれど、最近急にナマコの買い付けが盛んになって、ナマコの原価がいま急騰しているらしいんだ。それに目をつけた、ちょっとわけありの仲買人が札ビラ切って地元の漁師にナマコの密漁をさせているらしい、という噂があるというんだ」

「ナマコに禁漁期間なんてあるんですか」

「あれも許可および認可制だからね。ナマコをバカにしてそういうものに目をむけなかった漁師を使ってアクアラングなんかでごっそりナマコを捕っている動きがあるらしい、とあの店のなんていったかな安広の同級生のママがね、そうミドリさんといったっけ、その人がそう言うわけだよ」

「誰がやらせているんですか。そのわけありの仲買人というのはいったい？」

「ヤクザだよ。やつらは儲かると思ったらなんにでも手をだしてくる。そうして今不漁にあえいでいる漁師は安い金で海に潜ってしまう、というわけらしいんだ」

わたしの頭の中に今の賭けマージャンの清次君の顔がちらついた。

いまの小田さんの話でいろいろ疑問や聞きたいことなどもあったが、ぼやぼやしているとじき午前三時になってしまう。

今夜のところはこの程度の話にしておいてもらおうと思った。予約した宿の玄関の戸はまだあいており、結局バクチに負けた羅臼の漁師の襲撃というものもなかった。

思いがけない招待状

かなりいきあたりばったりの旅から帰ってきた小田さんが、奥さんにどんな報告をしたのか分からないが、小田さんは何事もなかったかのように「呑々」の調理場に戻っていた。約束通り北海道のコンブがもう「呑々」に届いていた。目ききの小田さんが常連客にそれを自慢気に見せて回っている。夜の八時を少し回ったあたりだったが、中小企業経営者のハリさん、整体師のまっちゃんなどすでに常連客の酔った顔があった。彼らは我々の留守中、わたしと小田さんが北海道で何をしているのかを時折話題にしていたらしいが、小田さんの奥さんの耳を気にしてあまり露骨な噂話にはいたらないものの一週間ものあいだ二人で北海道に行っているのだからわたしの「取材」や小田さんの「お見舞い」というおもてむきの用事のほかにきっと何かあるだろう、と睨んでいたらしい。絶対にそのコンブの一件ぐらいで話をすませてきた筈はないという予測の上だ。

その推理はたしかに鋭いところがあり、わたしは旅のあいだ小田さんのしたたかさにすっかり驚いていたわけなのだが、例の「偽の」病気見舞いの件は親しい常連の仲間といえどもわたしの口から話すわけにはいかなかった。しかし、斜里ではナマコ漁が大当たりで、小田さんが見舞いに行った古い友人の一家はすこぶる景気がよかったということや、羅臼で体験した不思議で過激な三人麻雀で小田さんが麻雀劇画ばりの大逆転勝利をモノにした話などは、「見てきた講談師」のようにしてそれなりに力を込めて話をした。

常連の鴨沢さんや小栗さんなどはかなりの雀キチなので、現金をプラスチックの洗面器とゴミ箱にほうりなげて即金でわたりあう、分かりやすくて荒っぽい例の漁師麻雀に興味を持ち、三人麻雀だと大きい手が出来やすい、ということを互いに激しく〝麻雀知恵〟を出し合って立証し、しきりに頷きあったりしていた。

ナマコにもっとも興味を持ったのは意外にもハリさんだった。ハリさんの以前の仕事はタオルへの印刷技術の指導というもので、今のハリさんの言動からは信じられないような知的な用向きで一年間ほど中国の大連にいたことがあり、その当時しょっちゆう取引先の接待などがあったらしい。そして高級中華料理というと必ずナマコ料理があり、それのナマコはインドネシアから運ばれてくる、と当時は聞いていたらしい。

中国人というのは自分らが「うまい」と思うとどんな困難、どんな距離をもモノともせずうまい食材をどこかしらから持ってくるのだなあ、と驚いたり感心したりしていたが、当時としてはいかにも面妖なるナマコ料理の材料が現在《いま》は日本からも調達されている、ということを聞いてあらためて驚いたらしい。

「ねえ、そんなことわたしら知りもしなかったものねえ。ナマコといったら日本の居酒屋の〝マ〟ナマコの小さくて身がしまったやつをキュウリと一緒にコリコリ食べるということしか思いうかばなかったからなあ。中国に行ってわかったのはナマコは絶対にナマなどでは食わない、ということだよ。あるとき私が日本のナマコ酢のことを話したんだ。つまり日本人はナマコを酢でしめてナマで食うんだ、ということをね。するとあのなんでもありの中国人が驚いたもの。え⁉　日本人はナマコをナマで食べるんですかあ！　という訳だよ。なんでもありの中国人を驚かす、というのはそれだけでもタイヘンなことなんだよお」

ハリさんはいつもの大声で一気にそう言った。

「同じナマコ料理といってても日本のコリコリしたナマコ酢のナマコと、中国料理のナマコはナマコそのものがどうも違うようだよ」

調理場の中からいきなり小田さんが言った。

「そう。今度の旅行でその実物を見てはっきり分かったんだけど、斜里のナマコは大きいんですよ。普通で二十センチから三十センチぐらいありましたからね。ナマコ酢のナマコはせいぜい十センチぐらいでしょう」

私もその話の中に加わった。

「多分種類が別なんだな。三十センチもあるナマコをナマで食うのはちょっと考えものだものね」

小栗さんもその話の中に加わった。

「だけどね、見ているとすごいんですよ。三十センチもあるナマコをね、斜里のナマコ漁の人たちは風呂ぐらいの大きな釜で煮てしまうんですよ。それも何回も煮るんです。するとナマコはどんどん縮んでいってね、やがて十二センチぐらいになってしまうんですね」

いつの間にか私は熱っぽくしゃべっていた。みんなちゃんと聞いている。私は気をよくして話を続けた。

「その十二センチぐらいになったやつをね、今度は干すんです。天日にね。ナマコ干しです」

「ふーん」

まっちゃんが頷いている。

「そうするとナマコはまたどんどん縮んでいってですね、やがてその半分ぐらいになっていくんです」

「その半分とすると六センチとか七センチ、というぐらいですか」

「呑々」の見習いの赤毛のショーちゃんが、誰かが注文したオコゼのから揚げを運んできながら言った。聴衆はさらに増えているようだった。

「そう。最終的にはね、五、六センチぐらいにしてしまうんですよ」

「ウソー」

ショーちゃんが言った。

「おいこらショー！　ウソーなんて女の子みたいな言い方するなコラ」

調理場の中から小田さんが怒っている。

「ウソじゃなくてね本当なんです。もちろんそれくらいになるとナマコは完全に水分がなくなってカラカラに固くなっています。斜里のナマコ漁師の川島さん、つまり小田さんの知り合いに聞いたら、いかにこの乾燥を完璧にするか、そしてどのくらい小さくするか、というのが技術なんだそうですよ。そうして日本のその技術が大変すぐれている、という訳ですね」

「ふーん」

「そうするとナマコっていうのはよっぽど水分だらけなんですね」

小栗さんがカリカリ音のする口を激しく動かしながら言った。オコゼのから揚げを注文したのは小栗さんのようであった。小栗さんの口の中から聞こえてくる、よく火の通ったオコゼの骨がバキバキいってかみ砕かれている音がなかなか気持ちいい。

「そうなんですね。ナマコというのはアレほとんどまるっきり水分みたいなんですね。それでもっと面白いことに、これを食べるときに水に漬けて戻すらしいんですけれど、上手に乾燥させたナマコを上手に戻すと元のナマコよりも大きくなってしまうんだそうです」

「へー。そうすると三十センチのナマコが四十センチになったりするのかい」

まっちゃんが真剣に驚いている。

「いやそこまで大きくなってしまうかどうかはわからないけれど、でもまあ元の大きさよりも大きくなると言っていましたよ。ねえ小田さん」

私は小田さんの証言を求めた。何となくその段階まで来るとまわりの目がいくらか疑いっぽくなっているのを感じたからである。

「そう。たしかにそう言っていたよ。全く不思議なもんだなあと思って聞いてたけどね」

調理場から力強い意見が述べられた。

引き戸が開いていきなり赤く膨らんだ顔が現れた。常連客の一人高田社長だった。高田社長は小さな広告代理店を経営していて最近はいいクライアントを見つけてなかなかの景気らしい。

「よお大将！　ちゃんと戻ってきたか」

高田社長はいつもと同じく必要以上に大きな声だ。連れが何人かいるらしい。

「なんだい社長、もう出来上がっちゃってるの？　そのゆでダコみたいな顔はなんですか」

まっちゃんが店にいるみんなの意見を即座に代表するような質問をした。

「あ、これね。確かにビールは飲んでんだけど、そうじゃなくてね、今日は一日ずっとゴルフだったのよ。だからこれゴルフ焼けなの。まだこんな時間にビールぐらいで顔を赤くするほど純情じゃないからねえ」

遠慮がちに入ってきた二人の連れも確かに日に焼けて赤くてらついた顔をしていた。高田社長とその連れがやって来たことで「呑々」のナマコ談義はそれでいったん終わりになってしまった。たかがナマコごときでみんなが集中して耳を傾けていたのが不思議なくらいだったが、こうしていきなり中断してしまうともう少し〝ナマコ問題〟を突き詰めてみたいような気がして、私は意外な欲求不満ともどかしさを感じたのだった。

それから一ヵ月ほどたった秋のある日、「呑々」の小田さんから思いがけない電話があった。たまたま私の原稿仕事が忙しく一週間ほど「呑々」に顔を出せずにいたのだが、小田さんのところに斜里の川島政治からなかなか興味深い連絡があったというのだ。彼が電話で伝えてきた話は要約すると次のようなものだった。

①政治君がこしらえている干しナマコが中国の取引筋から高く評価され、取引高の増量を求められている。

②けれど政治君のところではもう手一杯である。

③先方は政治君の近隣のナマコ漁をしているナマコ漁師の人々を紹介してくれるか彼らのナマコを集めて扱い高を増すよう取り計らってくれないかと依頼してきた。

④ついてはその商談とこれまでのお礼をかねて政治君を中国の市場筋に招待したい。もちろん旅費、宿泊費等全て負担する。

——というものであった。

政治君はこれについて「どうしたらいいのか」、全面的に小田さんに相談を求めてきたらしい。政治君が相談したい点は次のようなものであった。

①生産物を評価され取引高が増えるのはありがたい。

②近隣のナマコ漁の人々に話をし、扱い高を増すため口利きをするのはできるかもしれない。

③けれどそれだけで招待される、というのはなんだか気になる。

④何か裏がないのか。相手が商売のうまい中国人であるから北海道の田舎者の自分が行ってどうなるか不安だ。

⑤とくに彼が正式なナマコ漁の操業者であることを示す書類。さらに彼の所属する「組合」の規約や加盟員を記した正式書類を持参すること——という一文が気になる。

⑥しかしこのせっかくの話を断るのも残念だし、それによって相手の気分を損ねこれからの取引関係に影響してきたりしたらつまらない。

⑦どうしたらいい？

――というものなのであった。

「で、小田さんどう答えたんですか？」

私は聞いた。聞かなくても答えがわかっているような気もしたが、しかしそれを聞くのが話の順というものだろう。

「せっかくのチャンスを無にすることはないじゃないか、と私は言ったよ」

私の思った通りの返事だった。

「すると彼はどう答えたんですか？」

「じゃあ小田さんにお願いしたいのだが、自分と一緒に中国へ行ってくれないか。先方は航空会社とかなり強いコネクションがあるので二、三人分は招待できると言っている、と言うんだね」

「ふーん」

「で、一緒にあんたも来ないか？」

「え」

そこで小田さんは急に声のトーンを変え、何か意味あり気にササヤクような声になった。小田さんが何か作戦を思い浮かべた時の声の出し方だ。

「私と政治君と一緒にナマコの本場中国へ行ってあのナマコの流通する先を見届けな

いか？」

「え。私もですか？」

「乗り掛かった舟じゃあなくて、かじりかけたナマコということになるかね。いいじゃないか、そっくり何よりも先方のアゴアシ付きという文句なしの条件だし……」

「そんな……。招待してくれるといったって誰でもいいわけじゃないでしょう、やっぱり政治君のようにナマコ関係者じゃないと……」

「向こうにゃわからないさ。ホンモノのナマコ関係者は政治君一人だけでいい。我々は一緒にくっついて行ってナマコ関係みたいな顔をしていればいいのさ。それに大事なことはこの背後に何か陰謀のようなものがないか常に怠りなくチェックしておく任務がある」

「任務ですか？」

いかにも小田さんらしい意見だった。しかし小説家としてはなかなか魅力的な話でもあった。ナマコ関係者ではないと先方にばれてもまさか密かに殺されて海に放り込まれるということもないだろう。たかがナマコなのだ。小田さんの自信に満ちた声は聞いているうちに次第に説得力を持ち、私の気持ちを高ぶらせてきた。

「しかし中国といいますが場所はどこなんですか？」

「香港だそうだ。やっぱり商売の中心地だからね」

小田さんが当然のように言った。

「それとだ。もう忘れてしまったかも知れないけれど、北海道の旅のときにナマコの原価高騰でヤクザが密輸に乗り出している、という話をしたことがあったでしょう。麻雀の夜の帰りにさ」

小田さんは私にむかって言った。

よく覚えている話だった。

「あれからいろいろ注意してそっち関係のニュースを見ていたんだけれど、どうやらあれは本当だったね。今やナマコは海のネズミから海の黒ダイヤと呼ばれているらしいんだよ。たとえばつい最近室蘭でアクアラングをつかって黒ナマコを密漁していた犯人グループ六人が逮捕されている。黒ナマコ三十三トン。時価四千九百万円相当だったというし、札幌では倉庫から七千万相当のナマコが盗まれている。犯人は十人グループで全部暴力団関係というね。

稚内では無職の男ら七人が黒ナマコ三百四十キロを盗んで捕まっている。その背後には香港の仲買業者が入っていて、どうやら国際問題にまでなっているらしい」

「あんなぐにゃぐにゃしたものを巡ってなんか映画みたいですね」

「儲かればなんだっていいんだよ。北海道だけじゃないよ。大阪湾でも漁業関係の親子四人が頻繁に夜間に潜水して一年間で一億数千万円のナマコをとっていたというんだ。黒ナマコが海の黒ダイヤというのは全国的になっている。そのうちとくに知床のナマコは絶品ということらしいんだ」

そんなに各地でナマコの密漁が行われているとは思いもよらなかった。

「密輸したナマコはそのあとどう流通していくんでしょうかね？」

「まあ秘密の仲買人がいろいろいて、たいていその背後には中国や香港ルートがつながっている。最終的には中国や香港のマフィアがからんでいると見ていい」

「ナマコマフィアですかあ」

「ああ、とくに香港のマーケットが大きいらしい。世界にひらいた国際マーケットのアジアの中核的位置にいるからね。そういう背景もあるから、今度の話はいろいろ気になるんだよな」

「心配ということですか」

「ああ。あの人のいい田舎者の政治君が香港に招待される、というコトそのものがそもそも怪しいじゃないか。取引関係の強化、ということは考えられるけれど、中国人がそんな金のかかった手回しのいいことをやると思うかい。なにか知らないうちに相手に丸め込まれて、川島家の持っているナマコ漁の権利、いや下手するとあいつの入っている組合全部のナマコ漁の権利をそっくり奪い取られちまう、ということだって考えられる。何しろ相手が相手なんだからなあ」

「ふーん。じゃあ、どうしたらいいんでしょうね」

「だからそれを考えている。今度の、いきなり降ってわいた旅の話は我々にとってはなかなか重要だよ。政治君の本当のサポートになるためには、という意味だがね」

「たしかにそうですね。じゃあぼくもナマコについてもう少し多面的に研究しておきます」

「そうしておくれ。いろいろ気を配っていかないとな」

最後に小田さんはそう言って我々としてはこのめずらしく長い電話を終えた。


そういうけっこうシビアな背景を意識しながらもこの降って湧いたような香港ナマコ旅の話は「呑々」における恰好のホットな話題になった。小田さんは典型的な一度行くと決めたらずんずん！　のタイプで、この無銭旅行には完全にやる気マンマンで、政治君と話をした翌日には紀伊國屋書店に行って香港関係のガイドブックを大量に買ってきて、もうハリネズミのようにあちこちに付箋を貼りつけている。人助けであり、無料の旅ということで奥さんにもすんなり話をつけたようであった。

私もその旅に行けば「ナマコ旅の顚末」などというエッセイのひとつも書けるだろうから気分はその気になっている。問題なのは主役の政治君であった。

「小田さん、大丈夫かなあ。どうも話がうますぎるような気がするんですよ。だってまだ会ってもいない人からの招待ですよ。やっぱり何か裏があるような気がしてしょうがないんですよ」

などということをまだ電話で言ってきているらしい。小田さんはそのたびに、

「大丈夫。こっちで調べたところでも相手はちゃんとインターネットでも出てくるきちんとした組織の業者団体なんだから、そんな形で何か企んでいるはずはないでしょう。こんなことで何か企んで何の利益があると言うんです。ここはもっと大きな気持ちになってナマコの恩返しぐらいに考えたらいいんですよ」

などと言って励ましている。私に電話で相談していたようなことはヒトコトも言わないでいるそうだ。もともと弱腰の政治君を必要以上に心配させることはない、という配慮からだろう。

「ナマコの恩返し――なんて言ってもぼくは毎日何十匹、いや何百匹とナマコを殺しているんですよ。しかも煮殺し皆殺しです。それを言うなら逆にナマコの復讐と言っ

ていいのかもしれない立場なんですよ。ああどうしよう。小田さんたちまでそんなことに巻き込んでしまったら申し訳なくて……」

煩悶しているらしい。しかしそういうドタバタを繰り返しているうちに先方から航空チケットが送られ、ホテルも予約してあるという連絡が入ってきたようであった。むこうは本当に真剣であり、しかも急いでいるようだ。

「しっかりして。これを断ったら君のこれまでのナマコ事業はなんだったかということになるんだよ」

小田さんの叱責が新宿からもう初冬の風が吹いている知床の原野にまで吹き飛んでいった。そして十月の終わり頃、ちょっと袖や丈の短めの地味なスーツを着た政治君が新宿に現れた。小田さんのところに一泊して気合をいれてから成田に向かうという算段なのであった。

蛇猫野菜炒め

「斜里に較べたらやっぱり東京はまだ秋なんですねえ。暑いので驚きましたよ」

政治君のやや短めのスーツの下には細い毛糸で編んだオレンジ色のベストが見える。この陽気だとベストはちょっとばかり早いのではないか、と思ったが、暑かったら上着を脱げばいいだけなので黙っていることにした。もっとも香港に行くともっと暑くなる筈だ。

それにしても小田さんと政治君と三人で香港招待旅行なんてまったく思いがけない展開である。

「人生というものはね、流れるように生きていれば、流れるようにいろんな出来事が向こうからやってくるものなのですよ。ちょうどこの窓の外の景色のようにね」

三人で新宿駅の南口から乗った成田国際空港までの直通「成田エクスプレス」の座席で小田さんが言った。なにか大変徳のある、ありがたーいお言葉のようだったのでなるほどつまりはそういうことなんだよなあ、と思ったが、よく考えればあたりまえというか当然というか「だからどうした」というような話で、しばらくすると感心しただけ損をしたような気分になった。

これも久しぶりの外国旅行でみんなの気分が高揚しているからだろう。それに電車に乗ったとたんに小田さんがキオスクで買ってきたビールとツマミを出したのでそいつをぐわっと一気に飲んでぐわっとした酔いがすばやくきた、ということも関係しているはずだ。

「それにしてもこのオツマミ〝高級珍味三点セット〟なんて書いてあるけれど中身は柿の種にピーナッツにイカクンの三品なんだよねえ。どうしてこんなものが〝高級珍味〟なのかねえ」

小田さんが自分で買ってきたそれを袋ごとひらひらガサガサさせながら言った。なるほど言われてみるとそのとおりだ。

「珍味、というのはもうすこしオゴソカなもんでしょう。たとえばねえ、香港に行くのが決まってから私は大急ぎで勉強したんだけれど、中国には〝蚊の目玉スープ〟というのがあるらしいねえ」

「え？　蚊のスープじゃなくて？」

政治君がいくらか首をのばすようにして聞いた。

「蚊のスープじゃ面白くも何ともないじゃないの。蚊のメダマのスープなんですよ」

「本当ですか？」

「だって本に書いてあるんだよ。これはね、作るのにちょっと手がこんでいて、まず蝙蝠の巣を捜すんだな。それも大量にだ。そうして捜してきたコーモリの巣から蝙蝠の糞だけとってそれを鍋で煮るんだそうだ」

「臭そうですね」

と、私。

「ニオイのことまでは書いてなかったけれどね」

「で、どうするんです？」

「そのぐらぐら煮立った蝙蝠の糞を布で濾《こ》すんです」

「ふーん。なんでですか？」

「蝙蝠は別名〝蚊食い鳥〟とも呼ばれるくらい蚊が好物なんですよ。だから大量に蚊を食っている。しかし蚊のメダマは硬くて消化されないので蝙蝠の糞にまざってそっくり出てくる、というわけなんだな。それが濾した布に残る。つまり蚊の目玉だけ残る、ということになる。その蚊の目玉をスープの中に入れるとプチプチしたかなり変わった歯触りのスープになるというんだな」

「ふーん。さすが中国ですねえ」

政治君がつくづく感心している。私はなんとなくナタデココを思い出したが食感はまるで違うだろうからまぜっかえすな、と言われる前に黙っていることにした。

「私が言いたいのは、つまりそのくらいのものでないと〝珍味〟とは言えないのではないか、ということなんだよ。ましてや〝高級珍味〟なんていったらね」

「ふーん」

政治君と私がほぼ同時に頷く。旅は早くも小田さんのペースになっているようだった。

「それから香港の食堂に行ったらメニューからナマコの料理をどう見つけるか、ということも私は研究したんですよ」

「研究ですか」

「ナマコというのは日本の場合だとそもそもは〝海の鼠〟と書いたんだねえ。政治君の捕っているのは海の鼠なんだよ。政治君知っていたかい」

政治君がなんとなくいやな顔をしている。でも頷きながら答えた。

「ええ。知っていました。ナマコの仕事しているんで『ナマコの眼』という厚くてナマコのことをくわしく書いてある本を読んだことがあるんですがそこに書いてありましたんで……」

「そうかそうか、偉い。研究熱心でいいことですよ。君はまだ若いんだから自分のやっている仕事のことをより知っておかなければね」

政治君はなんとなく小田学級の生徒のような顔になってまた頷く。

「中国では海に参の字で海参とか刺すに参で刺参とかそれを重ねて刺海参などとも書くんだね。黒ナマコは黒玉参などともいう」

「ほう」

と、政治君と私。

「だから中国の食堂のメニューにこの刺と参という文字が書いてあったらまずナマコ料理だと思って間違いないようだね」

小田さんはそう言って満足気に新しいカンビールをプチンとあける。

「この中国におけるメニューの解読の仕方、というのを読んでいたらもっといろいろ面白いことが書いてあったよ。たとえば中国人は蛇を食べるんだよねえ。わりあい普通の料理として蛇を食べる。これは私も料理を作っているはしくれとしてあちこちから聞いて知っていたけれどね。それから地方によっていろいろらしいけれど中国人はさらに猫も食べるそうだよ」

「ええ？　あの猫ですか」

「あのもこのもない、その猫だよ」

「本当ですか？」

私は聞いた。

「だって本に書いてあるんだよ」

うるさいな、と言わんばかりに小田さんは話を続けた。

「それで食堂によってはこの蛇と猫が一緒になった料理があるらしい。中国はなんでも物事を大きく大げさに言うだろう。白髪三千丈とかね。それで蛇のことは龍と書く。当然猫はどうなる？」

そこで小田さんはいきなり私に顔をむけた。作家としてこれはちゃんと答えないと恥ずかしい。

「えーと。つまり虎ですか」

「そう。中国料理の中には〝龍虎《ロンフォウ》大菜《タアツァイ》〟というのがある。タアツァイとは野菜炒めのことですね」

「すなわちヘビネコヤサイ炒め、ということですか……」

政治君がやや抑えた声でいう。

「そのとおり」

小田さんがやはり学校の先生のような顔つきになって満足気に頷いた。


三時間遅れで香港行きのドラゴン航空が満席で飛び立った。遅れた三時間のあいだ三人で空港の寿司屋に入り、さらに小田さんの中国奇食珍食話を聞きながらずっと酒を飲んでいたので、飛行機が飛び立つのとほぼ同時に三人とも酔っていい気持ちになりそのまま寝てしまった。

香港に到着すると政治君が「えー、皆さん時差が一時間です。時計の針を一時間戻してください」と添乗員よろしく私と小田さんに言った。

政治君一行を招待してくれた香港の海産物乾物問屋組合からの迎えの人が空港に来ている筈だという。

名前は洪建民《コウケンミン》さん。今回の我々の旅の案内人をつとめてくれる人だ。むかし台湾に住んでいたことがあってそこで日本語を習ったのだという。したがってその人が見つからないと我々の旅はいきなり前途多難となる。

「いくつぐらいの歳の人かねえ」

小田さんが出迎えの人の山を見ながら言う。

「さあ一度も電話で話をしたことがないのでそれがわからないんですよ。手紙の文は日本人でも書けないような漢字が沢山並んでいる達筆でした。心配なんで持ってきたんですが」

そう言って政治君は鞄のあちこちを捜したがすぐには出てこないようであった。

「まあいいよ。ふーん。洪建民さん――ねえ。コウさんでわかるのかなあ。コウさんどこかにいますかって呼んでみるかね」と小田さん。

「こういう場合、向こうから我々を捜してくれるんじゃないですかねえ。我々の名前が書いてあるボードか何か持って」

政治君が言った。その直後に政治君の言ったとおりになった。

「ハイ。あなたたち。わたし見なさいね。わたしたちコウです」

体重が百キロを軽く超えていそうな巨漢であった。この暑いのにきっちり着込んだマオカラーのシャツが腹も胸もパンパンに膨らんでいていまにもボタンがはじけそうである。

巨体に首らしいものはなく、肩の上にすぐ丸い顔が載っている。五十代前後だろうか。丸い眼鏡の中の眼がやはり丸い。つまり全体に果てしなく丸い人なのだった。

「ハイ。よくきましたね。ハイ。みなさん疲れましたね。わたしたちそのことよくわかります」

洪さんの日本語も明確でよくわかる。しかしさっきからしきりに「わたしたち」と言っているわりには他の人の姿が見あたらない。

車か何か用意してあってそこで他の関係者が待っているのかと思ったが、洪さんは「ハイ。それではわすれものいけないよ。それではハイ。タクシーにのります」などと言ってどんどん先にたって歩いていく。巨漢のわりには動作が早かった。

一台のタクシーに我々と洪さんと我々の荷物が強引に積み込まれた。洪さんは助手席だが助手席側の真うしろにすわった私には前方がまったく見えない。

「ハイ。香港、日本よりいつも暑いです。だからわたしたちそのことよく知っています。わたしたち台湾にいましたからその違いよくわかります」

洪さんの「私」は複数形であるらしい、ということがわかってきた。

私が香港にやってきたのは十五年ぶりぐらいだった。まだ中国に返還されるまえの怪しい国際都市そのものの様相で、いたるところに活気を感じたが、そのエネルギーは大きく時代を経てもあまり変わっていないように思えた。

巨大な吊り橋をわたるとビルが沢山見えてきた。建築中のビルもあちこちで目にする。驚いたことに建築中のビルの足場は竹で作ってあった。十階建てぐらいのビルも竹の足場なのだ。夜なのでそこに取りついている作業員の姿は見えないが、鉄で作られた足場よりも竹のほうが働く人の動作が楽ではないか、と思った。崩れたときなど鉄よりも竹のほうが被害も少ないようにも思える。

「みなさんは香港はいつごろからですか？」

洪さんがいきなり聞いた。

何回目か、と聞いているのだな、とわかった。政治君が「はじめてです」と答える。私は十五年ほど前に来ていることを話した。小田さんが「そうですねえ。私は五、六回というところかなあ」とやや眠そうな声で言った。あれれ。小田さんがそんなに来ているなんてちっとも知らなかった。

「以前にね。九龍虫の買い付けに来ていたんですよ」

「ああそうでしたか。あの虫が流行っていたのわたしたち知っていましたよ。みなさん九龍虫食べたか食べないか？」

洪さんが聞いた。

「あっ、いいえ」

政治君が少し慌てて申し訳なさそうに答える。私もその虫のことは何も知らないので「ないです」と答えるしかなかった。いったいどういう虫なのだろう。

不思議な気分になっているとじきにタクシーは目的のホテルに着いた。九龍半島の突端のあたり。尖沙咀《チムサアチョイ》と呼ばれる地区にある九龍香格里拉大酒店《カオルーンシャングリラホテル》という立派な国際ホテルであった。今度のにわかな招待旅行に何か裏の仕掛けがあるとしたら我々に用意されているホテルでまずそのニオイがわかるのではないかと思ったが、いかにも清潔そうな宿であり、料金も高そうだった。これが三人ぶん招待でタダというと逆の意味で少々怖い。

ロビーに洪さんの知り合いらしい男が二人と小柄な女性が待っていた。一人は四十代ぐらいの肩幅の広い男で体より大きなグレーのスーツを着ていた。しかし全体に何の仕事をしているかわからない風体で、目線を我々とは合わせないようにしているのがやや気になる。もう一人の男は薄茶の半袖シャツにタランとしたズボン。黒ずんだ顔をしており、なぜかくちびるの端を常に動かしているようだった。

小柄な女性は我々を招待した組織から来た係の人らしく、洪さんと早口の中国語で何か話をしていた。その間にタランとしたズボンの男がカウンターに行って我々のチエックインの手続きをはじめたようだ。

手続きが一段落すると洪さんがその女性を紹介した。温妙玲《ジョイス・ウオン》さんと言い、明日の見学と商談のときの案内役だという。政治君が神妙な顔で挨拶。小田さんも私もとくに聞かれなかったので名前だけ言って仕事のことには触れなかった。考えてみるとまだそのへんのことは曖昧なままで何もしっかりした打ち合わせなどしていなかった。こんなふうに思いもかけないくらい丁寧に迎えられると、私と小田さんがナマコ漁に全然関係ないとわかったときどういうことになるのか、いきなり不安になってきた。今夜中に三人である程度の口裏あわせをしておく必要がある。

「ではみなさんは部屋に荷物をいれますが、このあと近くのレストランで何か食べることになっています。みなさん何か食べたいか食べたくないか！」

洪さんがいきなり大きな声で言った。

「はい。食べたいです」

「食べたいです！」

我々は殆ど同時に言った。

洪さんが予約しておいてくれたレストランはホテルから歩いて十分ほどのところに

あった。そこに至る盛り場には沢山の若者が歩いている。そこここで交わされている言葉を別にすれば東京の盛り場と変わらない風景だ。政治君はさすがにオレンジ色のベストを部屋に脱いできたようだが、まだちゃんとスーツを着て出てきた。やはり自分がこの招待の主役というので緊張しているようだった。

ホテルで我々を待っていた男二人と小柄な女性が一緒なのかと思ったら、最初の晩に我々と一緒に食事するのは洪さんだけのようであった。小田さんと私の役割の打ち合わせがまだちゃんとしていなかったのでよかった、と思ったのだが小田さんは何か物足りないところがあるのか洪さんに「あの人たちは一緒に食事しないのか」と聞いている。

「明日から忙しくなります」

と洪さんが質問をちゃんと理解したのかしないのかよくわからない返事をかえした。

覇王山荘というレストランだった。どうして街の真ん中にあって山荘なのか不思議な気がしたが英語でもキングスロッジと書いてある。店の中はほぼ満員状態だった。

招待というのでことさら高級な店に連れていかれ、そこに招待関係者のお偉い方々が沢山待っていたりしたら息がつまるが、そこは大衆的な店らしいので安心した。

円卓にすわると洪さんがすぐに「みなさんがたはどうするか？　ビール飲むか飲まないか？」と聞いた。

「飲みます」

「飲みます」

と、我々は答えた。

「料理は何にするか？」

洪さんがテーブルの上のメニューをそれぞれの手に渡してくれた。

洪さんではないが「刺参あるかないか」と捜したがここはそういうモノをおかない店らしい。見渡したところ若者の客が圧倒的に多く、店内のあちこちにテレビがあって大きなボリュームだ。どのテレビも同じメロドラマのようなものをやっているようだ。

小籠包に鎮江肴肉、乾煸四季豆、金華火腿扒津白などをまず注文した。ビールはカールスバーグの生。

乾杯は日本でよくやるのと同じだった。

「中国の乾物組合にようこそ。わたしたちは歓迎します」

洪さんが大きな体をゆすりながら言った。この場合の「わたしたち」は正確に「わたしたち」のようであった。

「見たところこの店にはナマコの料理はないようですが、店によってナマコの扱いかたはいろいろ違うんですね」

小田さんが話のきっかけを作るような口調で言った。

「そう、こういうお店はナマコ料理つくらないよ。ナマコの出る店もっと高級ね。わたしたちなかなか食べるの難しいよ。そういうとわたしたちあなたがた今日とても安い店連れてきたようでわたしたち困るよ。わはははは」

洪さんの言っている不思議な言いまわしはちゃんと理解できた。

「わははははは」と小田さんも笑った。

そのあとはあたりさわりのない話が続き、ときおり話題は明日から予定されているスケジュールになった。それによると香港で有名ないくつかのナマコ料理の店に招待されるらしい。そうなると当然食事しながら日本のナマコ漁のことやその扱いの話になるだろう。洪さんがトイレに行っているあいだに隣の席の小田さんに、

「香港にそんなに何度も来ていたなんてちっとも知らなかったですよ。何で黙っていたんですか？」

と聞いた。

「ええ？　あれは嘘だよ。嘘に決まっているでしょ」

とのんびりした顔で言った。

「え？　嘘なんですか？　まるっきりの嘘だったんですか。じゃ香港は……」

「はじめてに決まっているでしょ」

怒ったような顔で言った。

「するとあの九龍虫というのも？」

「嘘に決まっているでしょ」

さらに怒ったような顔になっている。どうして嘘をついている人に嘘をただして連続して怒られなければならないのだ。

「どうしてそんなにいろいろ嘘を？」

私は聞いた。

「ナメられてはいけないからです」

小田さんの嘘の連発がわかってなんとなく私の頭に浮かんだことを小田さんはそのとおり答えた。やっぱりそうなのか。しかし何をナメられるというのだろうか。

まあいいか。別にそんなことの嘘が今回の招待の話に何か悪く作用するとも思えない。

「どうして九龍虫の話なんか知っていたんです？」

なんとなく悔しいので話題を変えてもうひとつ質問した。

「だって本に書いてあったんだよ」

小田さんはやや自慢気にそう言った。

九龍虫のハッタリ

いくつかの料理が運ばれてきて回転テーブルが一杯になった。さてどうしたものか、と思っているところに洪さんがトイレから戻ってきた。携帯電話をしていたようで大きな朱房のついた金色の派手な携帯電話を胸ポケットに入れるとそのポケットがボコンとふくらんだ。相変わらずはち切れそうな丸い体と丸い顔をいくらか赤っぽいレストランの光の下でテラテラ光らせている。

「ちょうどお料理きたか。この店のお料理香港のちょうど真ん中ぐらいよ。その訳言うとね。わたしたちぐらいにぴったりということね。わたしたちこういうのを毎日食べているからわたしたちここの肉の豚のようにこんなに丸く太るね。ふはははは」

洪さんはテーブルに並んだ料理のひとつ、鎮江肴肉を指さしながら陽気に言った。

一人称の言い方の間違いと、洪さんの言っている意味がわかっているからまったく問題はないが、これがまだ初対面で、我々全員が洪さんのように太っていたらかなり大胆な意見になる。

「さあ熱いのを食べましょう」

洪さんは本当に食べるのが大好きなようで、招待客として一応接客されている筈の我々の誰よりも先にテーブルの上の料理を自分の皿にとってそのまま食べはじめた。

私と政治君と小田さんが回転テーブルを回しながらそれに続く。

「この回転テーブルは日本人が発明したんだってねえ」

小田さんが言ったが、今は私も政治君も目の前のものを早く食いたい気持ちなのでそれには反応しなかった。

しばらく沈黙の「食う時間」が貪欲に続く。

「さっきの話の続きでよろしいか。あなた九龍虫はどこで買っていたね？」

モゴモゴした声でいきなり洪さんが小田さんを見ながら聞いた。ついで話として聞いているのだろうけれどついさっき小田さんのハッタリがわかってしまったところなので我々は一瞬ビクリとする。しかし小田さんはすぐに平然として言った。

「いつもは香港で買っていたけれど、来られない時はヨコハマに行ったよ。東京の隣に横浜という街があってね、そこには昔から有名な中華街があるんですよ。そこに行くと何時でも中国のものはいろいろ手にはいるよ。とくに料理の材料はいろいろあるよ。香港に来ないときはそこでわたしその虫買ったよ」

故意かたまたまそうなってしまったのか、小田さんの喋りかたがいきなり洪さんのそれに近くなった。

「アア横浜ね。わたしたちそこよく知ているよ。横浜にも取引先いっぱいあるからね」

「洪さんは日本には？」

政治君が聞いた。

「そうだね。よく数えないけれどもう十回以上いたかね。九龍虫流行っていた頃にも東京わたしたちいてるよ。東京、浦和、タウジヤマ、高松、中目黒、済州島。まだあるけど忘れたよ」

いろんなところが混ざっている。済州島は韓国だ。タウジヤマとはどこだ？　しかし我々三人は黙って聞いていた。思ったよりも洪さんは日本にくわしいようで「ひええ」という感じだ。

「小田さんあなた九龍虫どうやって食べたね？」

洪さんはもう小田さんの名を覚えている。どうも見た感じより頭がいいようだ。小田さんをいきなり名指ししたので私はやや驚いた。

小田さんはわたしの隣なので、洪さんのそういう対応を、小田さんがどう感じているかは表情が見えないのでよくわからない。

「そうねえ。袋に入れてその中にチーズを入れてかれらの餌にしていましたよ」

「かれらというのは九龍虫のことね。あなた面白いこと言うよ。でもそれでわたしたちわかりました。みんな同じ食べ方していたよ。私の女子？　いや上の人なんといったか。そうそう。上司といいましたね。私の上司はいつもポケットにいれて右手でタバコ吸って左手で虫つかんでときどき食べていましたよ。タバコのおつまみね。ははははは」

洪さんも面白いことを言っている。話はのっけからばかばかしいほどなごやかなので私はじわじわ安心していた。

「その虫を食べるとどうなるのですか？」

政治君がいきなりもっともな疑問を口にした。よく聞いた、とばかり小田さんが政治君に向き直る。

「九龍虫はね、袋やポケットの中で生きて飼っているくらいだから食べる時も生きたのをそのまま食べるのさ。つまんでそのままね」

　小田さんがそのしぐさをまじえながら嬉しそうに話す。

「ですからその虫をどうして食べるんですか。珍味なんですか？」

　どうやら政治君の疑問の本質はそこにあったらしい。私は成田空港に来るときの三人の珍味論争を思いだしていた。

「あっ、そういう疑問ね。それは九龍虫が体にいいからですよ。滋養強壮ですね。とくにこの強壮というところだね」

「どんなふうにそれが強壮にいいんですか？」

　政治君は食い下がる。別に小田さんにかみついているわけではなく、純粋にその意味を知りたいのだろうな、と私は理解していた。

「だからね。生きている虫を飲み込むと、その虫は胃の中に生きたまま入っていくわけだ。すると生体反応でじきに胃液が出てきてその闖入《ちんにゅう》生物を殺そうとする。そうして胃液にからめられて哀れ九龍虫は間もなく死ぬんだが、その死ぬ時に〝パチン！〟と胃の中で弾けるらしいんだな。それが人間のエネルギーになると」

「まさかあ？　エンジンじゃあるまいし……」

　笑っていたが、政治君は半信半疑、というよりも呆れている顔だ。私もそれはどこかの段階で完全なホラ話になっていると思ったが、まあおかげで座は楽しい笑い声で終始したからホラ話もつかいようであるなと思った。

その晩の会食はそのあたりでおひらきとなったが、さっきの九龍虫の話で、自分のことながら何か精神を興奮させてしまったのか、ホテルの部屋に戻る前に「もう少し強い酒を飲んでいこうじゃないの」と小田さんは言った。まあ私も政治君もそれほど酔っているわけではなかったので、小田さんの誘いに乗ることにした。

ホテルのバーに入った。もうそれが香港中のバーやレストランのキマリのようにパンツのふちスレスレまで見えるような深いスリットの入ったチャイナドレスを着た若い女性が注文をとりにくる。差し出されたメニューは英語と中国語が併記されていたが、小田さんは酒ならやはり本場のものを飲まないとね、と私たちに言い、何ごとか小声で質問し、静かに頷きながらメニューのうちのいくつかを注文した。まるで常連のような手際のよさだ。

「小田さんは中国語がだいぶ読めるんですね。しかも今、何か中国語を喋っていたじゃないですか」

政治君が心底尊敬した顔で言った。

「なあにあてずっぽうだよ。でも中国の酒はだいたい書いてある文字のなかの色でわかるんだよ」

「文字のなかの色ってなんですか？」

「中国文字で表現している色だよ。それから耳からでもわかるんだね。中国の酒はだいたい七種類。パイチュウ、ホォゥアンチュウ、ヤオチュウ、プウタオチュウ、クゥオチュウ、パイランティ、そうしてピーチュウ。ピーチュウはわかるね」

「ビールです」

私と政治君がほぼ同時に言った。いま小田さんが流暢に並べた七種類の酒のうち私と政治君が知っているのはそもそもピーチュウしかなかった。

「パイチュウのパイは白のことだよ。白酒というけれども、日本のひなまつりのときに出るようなやさしい甘酒ではなくて、中国ではまあ下品な酒だな。日本でいうと戦後の焼酎みたいなものだ」

「ああ、そうか。パイパンという言葉ありますもんね。あっ関係ないか」

政治君が言った。言いながら顔がやや赤くなっている。

「ホォゥアンチュウのホォゥアンは黄色のことだよ。黄河をホォゥアンホーというでしょう。ホーは河のことだよ。日本の酒でいうと醸造酒である日本酒というところだね。プウタオは紫色。葡萄酒のことだね」

「ははあ。でもプウタオチュウとブドウシュは発音も似てますね」

「まあこれはたまたま。偶然似ていた、というだけだね」

「しかし小田さん、本当に詳しいですね」

そう言っているところに注文した酒が多角形をしたガラスの盆にのせられてきた。どれもいかにも高級そうなグラスや陶器のうつわに入っている。三人なのに五種類あった。

「さあ。さっそく飲もう。どれがどれとは言わないからみんなで運だめしのようにして飲もう。高いのから安いのまでだいぶ開きがあるからね」

小田さんは面白がるようにしてそう言った。紫色のがあれば葡萄酒だが、そういう色はなく、みんな白のような黄色のようなうまく判別がつかない。だいたいバーの照明がおっそろしく暗いのだ。私が選んだいくらか黄色がかった酒は強烈な薬草の香りのするいささか苦い味だった。

政治君の選んだ酒はそうとう強いようでひとくち飲んで「うう」などと言っている。

「まあ、中国の酒はどれもアクが強くて、いかにも中国らしく凶悪なんだよ。なかには慣れたらイケルのがあるんだけれどね。中国の酒は世界でも特別に人間ばなれしたのがあるしねえ」

きわどい話をしていたがバーには日本語がわかる人はいないようだった。

「ところでこのあいだ知床に行ったときに、私にはちょっとした秘密がある、っていう話をしたの覚えているかな」

足の高いグラスの酒を舐めながら小田さんは言った。

それはよく覚えていた。なにかいろんなことをいっぺんに喋っていたときのことだ。

「わたしがね、二十歳ぐらいの頃だったかな。まだ本格的な板前などになれなくて、香具師《やし》のようなことをしていた一時期があるんだよ。いままでこの話、みんなにしていなかったけれどね。今日は外国に来て気が緩んだみたいだから急にその話をしたくなった」

あれま、というかんじだった。政治君も私も静かに聞く態勢になる。

「その頃はわたしは日本中あちこちふらついていたけれど、ある時期、大阪でタコ焼きの屋台の手伝いをしていたことがあるんだ」

小田さんの青年時代の話なんて初めて聞くので興味深かった。それは政治君も同じはずであった。

「そのタコ焼き屋の親父が実は中国人でね。たぶん華僑《かきょう》と思うんだけど、半分ヤクザみたいな人だった。ま、話はちょっとだけ横っちょにそれるけれど、祭り屋台の食い物というのは場所によってちょっと注意したほうがいいね。祭りの屋台というとたいてい神社の境内やそのまわりでしょう。樹がうっそうとしているところが多い。そのときいろいろ体験したんだけれど、やつらの〝仕込み〟といったらとんでもないんだよ。たとえばタコ焼きのためにウドン粉を水で溶いてかき回すでしょう。その水はどこから持ってくるかというとたいてい公衆便所の手洗いのやつだ。それでウドン粉を溶いていく。その頃は灯というとアセチレンガスが普通だったからその下でかき回しているとアセチレンガスの灯に引き寄せられて虫がいっぱいやってくるんだ。まあ誘蛾灯みたいなものになっちゃうんだな。蚊はもちろん、羽虫とか刺し虫とか名前のよくわからないようなのがいっぱい集まってきてね。そいつらがアセチレンガス灯のむきだしの火のまわりに集まってくるから火に焼かれてばしばし落ちてくる」

「どこにですか？」

「仕込みの鍋の中に決まっているだろうが。蛾なんかも何匹も落ちてくる。それでもかまわずかき回して粉砕していくんだ。鱗粉も味のうちだあ、なんて親父は言っていたよ」

「ひええ」

「いやあ、そんな程度のことはまだぜんぜんいいよ。びっくりしたのは焼酎にいろんな混ぜ物をすることだったなあ。黄酒なんかはコクをだすんだといって黴《かび》なんかいれてた。まあ酒の醱酵は黴によるわけだから大きな間違いはないんだけれど、もう醱酵している酒に屋台の裏や湿気のある神社の壁なんかからわざわざ黴をこそげとってきて酒に混ぜるのさ。黴は酒に全部は溶けないから手拭いで漉してさ、それでまた瓶に戻す。そういうのを出すと、客は『いやあ親父、今日のはコクがあって濃厚でなんか体に効きそうでうまいねえ』なんていって、けっこうそういうのが人気になったりするんだ。さっきの話の九龍虫を知ったのもその頃のことさ」

「胃のなかでバクハツさせるという……」

「そんなのは嘘に決まっているだろう。あの虫は小さなスリバチでこまかくする。体液を出すためだな。そこに近くからとってきた亀や鯉の内臓なんかを細かく切ってやっぱり手拭いで汁だけだして一緒に酒に混ぜたりする。それで二日もおいておくと味がいきわたって精力絶倫の、なんていったかなあ、どうせ親父の口からでまかせの酒の名前なんだけれど『五玉精根鳳凰酒』とかなんとかもっともらしい名前つけてコップ酒でだしていた。神社の裏の泥池にいた亀や鯉なんか使っているんだからあれでよく寄生虫なんかの病気にならなかったもんだと、わたしはハラハラして手伝っていたもんだよ。もっとも病気になってもしばらくはその因果関係がわからないだろうし、あれが怪しい、と見当をつけられたときにはこっちはもっと別の土地で同じような祭りの店を出していたりしていたからねえ」

「おっそろしい話ですねえ。客はそんなのをありがたがって飲んでいたんですか」

「そう。屋台の親父はわざと中国語を喋り言葉にまぜていたな。そういう酒を薬酒といっていかにも精力がつきそうなうまいコトを言っていたもんだよ。精力がつく、というと日本のよっぱらい親父はみんな目の色かえるからなあ」

小田さんの笑いに乗せられてわたしも政治君も和やかに笑った。なるほど小田さんがその時代の頃のことを秘密にしているのは、いまのいかにも有名な老舗割烹なんかで修業したようなイメージがいきなり崩れてしまう話でもあったからだろう。同時に小田さんが中国人を信用しない、という理由の一端もわかるような気がした。それにしても香港に一緒に来て、ますます小田さんという人のやや恐怖もまじる底知れぬ人間の深さを知った思いだった。

翌日の朝九時に洪さんと昨日ホテルで会った温さんという小柄な女性が迎えにきて

くれた。

私たちは遅い朝食をとってそのままロビーでグズグズ話をしていたところなのでいささか慌てた。もっとも昨夜小田さんと大いに飲んで食べて笑ってそのまま寝てしまったので、本日いよいよ本格的にこの街の乾物組合の人達と会うというのに政治君と何も打ち合わせをしていない、というのはいささか不安なので、朝食後に大急ぎで私と小田さんの架空の仕事の内容とその役割を決めてたのだった。

「おはようございます。みなさん元気ですか。わたしたち元気です」

おおらかに笑いながら洪さんは言った。温さんと二人で並んで言うと「わたしたち」という言葉も本日はそのとおりで、まことに正確な朝の挨拶である。

〝わたしたち〟も大急ぎで部屋に戻って外出の支度をして再集合した。

数分後、改めてロビーに出てきた小田さんのいでたちを見て私はややたじろいだ。小田さんは何をカン違いしているのか派手なアロハシャツに雪駄《せった》を履いている。その隣に立っている政治君はYシャツにネクタイにスーツだ。私はTシャツにコットンパンツ。三人とも別々のところへ行くような恰好だ。

「小田さん。どうしたんですか？　その恰好……」

私は小声で小田さんに言った。

「どうしたって？」

小田さんは不思議そうな顔をしている。

「その服装ですよ。それじゃハワイのリゾート地に行くみたいじゃないですか」

「そうかなあ。香港は暑いんだもの。このくらいでいいんじゃないかなあ」

「だって今日は乾物組合の偉い人に会うかもしれないんですよ」

「どっちみちここは派手なんだもの。大丈夫だよ。こういう恰好のほうがかえってあたりにまぎれると思うよ」

小田さんは平然としたものだ。

ホテルの車回しになんとマイクロバスが待っていた。運転席に昨夜ホテルのロビーで顔を見た妙に肩幅の広い男が座っていて私たちに軽く頭をさげた。どうやらこの人は香港の暗黒組織の用心棒などではなくてただの乾物組合の運転手だったらしい。

「ではみなさまがた。わたしたちはこれからションワンにまいります」

洪さんが気取った声をだした。さっきホテルのロビーで簡単な口裏あわせをしているとき、政治君が今日最初に行く予定になっているのはジョウカンです、と言っていたが、こちらの言葉ではションワンと言うらしい。なるほど政治君がさっきくれたコピーには「上環」となっている。

マイクロバスは朝方のあわただしそうな香港の市街に出ていった。ホテルから出たとき再びムワッとくるしめっぽい熱気を感じたがマイクロバスの中はクーラーが効いて快適な温度だ。

大きな通りの左右には高いビルが並んでいる。ビジネス街のように見えるがピンクや金色のミラーガラスのはりつめられたビルなどもあってまさかこんなケバケバしいオフィスはないだろうと思っているとやっぱりビジネス街だったりする。そんなアンバランスな風景と同じくらいアンバランスな小田さんのアロハと雪駄履きがけっこう似合っていたりする。なるほどさっき小田さんが言っていたとおりだ。しばらくいくと政治君が前方の席の洪さんに向かって「銀行へ行って両替をしたいのですが」と頼んだ。

洪さんが何事か温さんの耳元で言い、クルマは車線変更。すぐにビル街の中の道端に止まった。

政治君と洪さんと温さんが降りていく。三人がクルマから降りるといきなり大きな音で賑やかな音楽が鳴った。運転手がカーステレオのスイッチを入れたのだった。チャイニーズロックのようなけたたましい音楽がクルマの中を跳ね回り、ゆったりじわじわきていた眠気がそれでいっぺんに醒めた。

小田さんが怒っている。そのまま運転席のほうに行って運転手に何か言うととたんにピタリと喧《やかま》しい音楽が消えた。満足した顔で小田さんが席に戻ってきた。またもや小田さんの裏の実力の再発見だ。

「なんて言ったんですか？」

「うるさいって言った」

「中国語でですか？」

「まあな」

やっぱりこの親父タダモノではないな、と思ったとき小田さんがまた言った。

「中国語むずかしいから中国語のような日本語で言ったのさ。案外通じるものなんだねえ」

やっぱりただの親父ではない。

しかし中国語のような日本語っていったいどんな言葉なんだ。

運転席のほうを見るとかわいそうに肩幅の広い運転手がどうもいきなり肩をすぼめているようだ。運転手は我々が待っていて退屈だろうから、というので我々にサービスのつもりで今の音楽を鳴らしたらしい。まあそのこころざしは有り難いが残念なことに我々の世代感覚とはだいぶ遠いおもいきり若者むけのものをかけてしまったのだ。

なんとなく気まずい沈黙の中に三人が戻ってきた。

「どうだった。こっちの両替は？」

何にでも興味をもつ小田さんがさっそく聞いた。

「高級両替所らしく待合室があって、両替窓口はガラスで仕切られていて、カウンターの真ん中へんに引き出しがあってそこにそれぞれで現金を入れるしくみになっていました。そこのところは日本のパチンコ屋の景品交換所の窓口みたいでした」

「待合室的高級的パチンコ的両替所ね」

小田さんが言う。

さっきから街のあちこちの看板に「的」というのがよく出ていてその文字が目についていた。中国語の「の」というような意味らしいがどうしても我々は日本的にまさしく「的」と読んでしまうものだから今の小田さんの反応はタイミングよく納得できた。

やがてマイクロバスは大きな通りの左右に沢山の商店が軒を並べ、クルマや人で賑わっているところにやってきた。

徳輔道西《タツポウトウサイ》という乾物屋街であった。何かわからない雑多な荷物を乗せた大小様々なクルマがいたるところを激しく走り回っている。

大きなトラックの荷台に乗った老人が鉄の棒でトラックの荷台をガンガン叩きながら強引にバックしているすぐ前を大八車を曳いた老人が強引に横切ったりしている。妙に懐かしいエネルギッシュな香港がようやくその顔を見せてきた。

マイクロバスが狭い場所をみつけて強引にバックで駐車し、洪さんが「さあわたしたちつきましたよ」と正しい言葉で言った。

マイクロバスから降りると、ここは誰がなんといっても乾物屋通りだ、という説得力のある乾物特有の匂いがその通りいっぱいに流れていた。

洪さんが先頭になって斜め向かいの「徳成海味」というこれも文字を見ていたらそのまま納得できるような店に入っていった。店の間口はせいぜい四メートルといったところだが奥がずずんと長く、まさしく鰻の寝床である。もともと土地の狭い香港ならではの効果的な店の造りがこれなのだろう。

洪さんが奥の帳場にいくとあらかじめ連絡が入っていたのだろう、いかにも目ききといった感じの小柄で色の黒い経営者然とした五十年配の男が出てきた。皺がやたらに深く、全体に濃くてしつこい感じのする人である。

あらゆる好みの出汁がでるであろう夥《おびただ》しい海産物の乾物の棚の前に立っても、この人物から一番濃い出汁がでるような感じだ。

洪さんが早口で何か言い、出汁顔をした主人が猿を連想させるこまかい目の動きを交えてそれに答える。三分ぐらいで基本的な話が通じたようで出汁顔が我々に会釈した。それから洪さんにまた早口で何か言った。

「それでは日本のナマコをここで見せて下さい、とこの店の経営者は言っています」

洪さんが通訳する。

えっもういきなりですか！　という感じだった。

しかしこういうところの人の商売というのはそんなものなのかも知れない、と私はそのかたわらでいささか緊張しながら成り行きを見ていた。

政治君が大切そうに抱えていた黒革のバッグを下ろし、そこから小さなビニール袋をとりだした。

慎重な気配で中身を自分であらため、袋ごと洪さんに渡した。受け取った洪さんがかがむようにしてまたそれをあらため、店の主人に渡した。店の主人がゆっくり中身をとりだす。どうも全体に仰々しいがあらわれたのは四センチほどの乾燥したナマコである。斜里で見たミイラナマコである。

主人がそれを親指と人さし指にはさんで空中で眺め、それからおもむろに匂いをかぎ、手のひらで感覚的な重さをはかり、最後は大きな天眼鏡でのぞいている。まるで宝石かなにかを鑑定しているようだ。

そのあいだ我々はみんな黙り込み、しんとして主人の動作を見守っている。思いがけない緊張感であった。

まもなく主人が中国語で「ウーン」と言ったようであった。

はて、鑑定結果は！　しばしの沈黙がさらなる緊張を呼ぶ。

やがて主人が洪さんにまたもや早口の中国語でなにか言った。我々はさらに沈黙する。

主人の話はけっこう長かった。それを聞いて洪さんが中国語で「ウーン」と言ったようであった。「ウーン」と「ウーン」の交差勝負のようだ。

それから洪さんがまた何か早口で言う。

主人答える。

ウーンどうなっているのだ。

我々焦る。

そもそもこの店にやってきていきなり政治君にナマコを出せ、などとこの店の主人が言うとは思わなかったのだ。

店の主人と洪さんのやりとりは長く、少しずつ緊張がやわらいできたので私は低い声で政治君に聞いた。

「こういうお店にきてまずナマコを見せる、という話になっていたの?」

政治君が激しく頭を横に振った。

「いいえ。何も。そもそもナマコについての話はこっちに来てからいろいろ詳しくするのだと思っていました。だから今朝もこの地域に来てまず組合の事務所かなにかに行って、組合の偉い人に挨拶してそれからどういう行動になるのか教えてくれるのだと思っていました」

政治君がよくぞ聞いてくれましたとばかりにせいた口調で言った。

「それにしても政治君はサンプルを出すのがえらく早かったね」

小田さんが悠然とした口調で言う。日本人の三人は全員今のやりとりに緊張したり焦ったりしていたのだろう、と思ったがどうやら小田さんだけ別らしかった。

「そりゃあ当然ですよ。ぼくだって営業ぐらいはしますから」

珍しく政治君が気負った話しかたをする。けれど小田さんのそんな言葉で政治君の緊張が若干緩和されているようであった。

店の主人と洪さんの話はまだ続いていたが、時々互いにカン高い声で笑ったりしている。さっきまでの固い調子は消え、どうやら話はいい方向に行っているようであった。しかし相手は香港の商売人である。ひとときも油断はできないだろう。

やがて洪さんが主人の肩をポンポンと叩き、笑いながら我々の方に向いた。

「どうなりました？」

私は思わず気色ばんで聞いた。

「はい。どういたしまして」

洪さんがおおらかに言う。ひと昔前のお笑いギャグだと「カックン」とくるところだ。

「いえ、どういたしましてじゃなくて、話はいったいどうなりましたか？」

私は辛うじて「カックン」とならずにさらに聞いた。

「なにがどうなりましたか、ですか？」

今度は本当にカックンとなりそうだった。

アヒルの水かき鴨のクチバシ

「いえ、だから、その」

私は次の言葉がうまく出てこなくなってしばし黙り込んだ。人間というものはあまりにも自分の思っていたことと相手の意識とが乖離《かいり》している、ということに気づいたとき、思わず思考がマヒして言葉が出なくなってしまうことがあるらしいとそのときわかった。

「だから渋さんが今ここの主人と話をしていたその内容がどうだったのか、とこの人は聞いているわけですよ」

見かねた小田さんが助け船のような説明をした。

「ああ、そういうことね」

渋さんはやっと理解したらしくニコニコして頷いた。

「わたしたちがいま周《シュウ》さんと話していたことか？」

「ええ、そうです。その内容です」

「ああそれか。それならわたしたちいましきりと周さんとタアマアジョクについて話していたね。なにしろわたしたち周さんと話するのひと月ぶりだからね。溜まる話たくさんあってどれから言っていいかわからないで二人して困るほどだったよ。でも急ぐことから最初に話したよ」

「それがタアマアジョクについての情報ですか？」

小田さんがいささか神妙な顔になっている。

「タアマアジョクってアレのことですか？」

政治君が身を乗り出すようにして聞いた。

香港の乾物の国際取引市場は一部の華僑が牛耳っていてその組織にある程度の話を通しておかないといろいろまずいことがある、ということを政治君がこっちに来る直前、別の海産物輸出業者から聞いていたらしい。そのことは私も政治君からチラリと聞いていた。もしかするとその組織の名前がタアマアジョクかも知れない。そしてもし周さんがその関係者だったとしたら話はどんどん進むことになるだろう。

「あなたたちタアマアジョク知らないか。わたしたち日本に行ったとき浦和で見たよ。中目黒でもわたしたち見たよ」

私も小田さんも政治君も黙る。中国人の国際組織の支部かなにかなのだろうか。日本の県人会というのに似たものかも知れない。期待の沈黙というやつだ。

「あなたこういう仕事していたらもっといっぱい知りあいの横の幅を拡げていろんな人知っていろいろ遊ばなければ駄目ね。仕事も遊びの気持ちいっぱい持っていると取引の人とうまくいくことあるよ」

やはりそうなのだ。

「では我々にそのタアマアなんとかというのを紹介して下さい」

政治君が言った。

「なんだあなたたちも知っているのか。もっと早くそれ言うとよかったのに。わたしたちも喜ぶよ」

なんだかよく分からないがそれほど面倒で難しい手続きはいらないようだ。

「その人たちと知り合った上でここの取引が具体的になるということですか」

洪さんはその質問にはすぐには答えなかった。それほど秘密の裏組織ではないとしてもあまり大っぴらにしてライバルに漏れるのはまずいと判断したのかも知れない。

「その人たちとは早い段階で会えますか」

政治君が聞いた。

「あなた気が早いね。あなたそんなに熱心なのか。あなたきっと日本で相当凄い腕ね。大変積極的でわたしたち驚くね。それなら早くわたしたちタアマアジョクで会える場所みつけなければいけないよ。それなら今日でもいいか」

「早いほうがいいです。お願いします」

「あなた本当に気が早いね。わたしたち驚いたよ」

洪さんは電話をしに席を外した。周さんはもう別の取引相手の人と話をしている。活発に雇い人の動いているこの問屋は大きな商売をしているようだった。

間もなく洪さんが戻ってきた。私たちのところに来る前に周さんのところに行って暫く話をしている。それから珍しくセカセカした歩き方で私たちの前にやってきた。

「では明日の朝九時に尖沙咀にくるか。わたしたちと周さんかその部下の人がくるけれどあなたは誰がくるか」

「一人でなければいけませんか」

政治君がいくらか緊張した顔で言った。

「それだと少ないのじゃないか。わたしたちわたしたちと周さんかその下の人くるから二人になるよ。あなたもう一人連れてきたほうがいいと思うよ。わたしたち二人だからあなたたちも二人きたほうがよくないか」

「わかりました」

とりあえずこの話はそれで終わった。意外にスムースに話は進んでいる。


そこからどこに行くというあてもなかったが、なんとか問題なく一つ仕事の階段を登った、という安堵からそのあたりを歩いてみるかということになった。

車で五分ほど西に移動したあたりに観光客が良く来る「文武廟《マンモウミユウ》」があるという。渦巻き線香で有名な寺だという。

入っていくと沢山の人が渦巻きの線香を持って歩いているのでその煙が凄い。渦巻きの線香といったら我々の国では蚊取線香であるからなんだか蚊の大群のいる巣窟にみんなで入っていく決死隊のような気分だが、実際にはただもう煙いだけだ。学業成就、商売繁盛の寺であるというから小田さんと政治君にしっかり拝んでおくように言ったのだが、ちゃんと手を合わせていたのは政治君だけであった。

その近くにはキャットストリートというのがあるという。とくに猫が沢山歩いているわけではなく古道具屋が並んでいた。

のんびり歩いてみたがよく価値のわからない壺であるとか、半分壊れたような飾り箱などがある。私は古いカメラに興味があり、そういうものを置いてある店があったので覗いてみたが、古すぎて単なる鉄の塊状態になっているものばかりだった。

そのうちの一軒に入っていった小田さんがなかなか出てこないのでみんなで行ってみると店の奥で長さ二メートルほどの大きな円筒形のものを挟んで店の男としきりに話をしている。何の言葉で交渉しているのかと思ったら向こうは中国語で小田さんは日本語なのであった。けっこう長い時間それでやりとりが成立しているのでそれでも何か通じ合っているらしい。

「どうしたんですか。なにかいいものがありましたか？」

政治君が聞く。

「いやこの筒はね、君たちは知らないと思うけれど、アルキメデスのスクリュウというてなかなか価値のあるものなんだよ。真鍮でできているのでもしかするとギリシャからのものかも知れないがそうだったらこれはタカラモノに近いシロモノだよ」

「本当ですか？」

やや疑いの気配を持って私と政治君とでそれをゆっくり眺める。

「これがどうしてアルキメデスのスクリュウなんですか。ぼくには単なる円筒のように見えますが」

「だからシロウトは困るんだ。これは単なる円筒のように見えて、中に螺旋のプロペラが入っている。残念ながらもう時代ものでプロペラは錆《さ》びついてこのままでは動かないけれど、これは実際に作られたのはそんな昔じゃないだろうけど原理はアルキメデスの時代に発明された水揚げのための機械なのだ。要するに昔の揚水機というわけだな」

「フーン」

私と政治君はそこではじめてやや真剣にうなずいた。そこに少し遅れて洪さんがやってきた。

洪さんがやってきたらとにかくまず値段を聞いたほうが話は早い。

「三千五百元と言っています。これはでも嘘ですから言えばもっと安くなります」

嘘というのはちょっとひどい言い方だが、洪さんの言っている意味はわかる。ハッタリの値段でこれからまける交渉に入っていく、ということなのだろう。

「まあこのあたりの店は確実に今の半分の値段にはなるでしょう。でもこれは重い金属だから日本に運ぶのにその半額より高いぐらいの値段がかかります。あなたどうしますか。買うのか。買わないのか」

洪さんのやりかたは話が早かった。

「うーん。これは日本に持って帰っても飾り物にしかならないからなあ」

「『呑々』の入り口の前に飾っておくといいかなあ」政治君が言う。

「でもあそこから少し行ったところが燃えない粗大ゴミの置き場だからもしかすると区役所の清掃課に持っていかれちゃうかもしれないですよ」

うっかり私が言ってしまった。

「なんてことを言うんだ」

小田さんが怒っている。

「しかしそうだなあ。こういうものを置くと知識のない君たちぐらいの客にいちいちこれの説明をしなければならないだろうからそれも面倒だなあ」

結局小田さんはそのアルキメデスのスクリュウをそのあと二、三度なでて店を出たのだった。

少し景色のいいところへ行こう、ということになり、そこからほど近いビクトリアピークというところに行った。ちょっとした丘の上で、車でてっぺんまで一気に上がってしまえる安易なところだが展望台があって沢山の観光客がいる。香港島のむこう岸まで見えるがかなり霞がかかっていてそんなにいい眺望というわけでもない。

「これだったら知床や斜里からの風景のほうがはるかに勝るなあ。あそこなら風景を見て人生のことをいろいろ考えたりできるけれど、ここではたいしたことは考えられないんじゃないかなあ」

小田さんがややしみじみした口調で言った。

「本当ですね。あそこで知床の海を眺めているときはまさか小田さんとこんなところに来るとは思いもよらなかったですからねえ」

私もついしみじみした気分になった。

「小田さんはこういうところに来るとどんなことを考えているんですか?」

「なんか一仕事終わったので腹がへってきたなあ、と今思っていたとこですよ」

小田さんはそう言って派手なシャツの腹のあたりをポンポン叩いた。まったく元気なおじさんなのである。

「確かに時間も時間だからそろそろ昼飯ですね。さてどこへ昼飯を食いにいきますか?」

政治君が言うと洪さんがやっぱり自分の大きなおなかを叩いて言った。

「まかせておいてください。わたしたちの知っているちょっとした店に連れていきますよ。そこでホンコンのナマコをいろいろ食べましょう」

おお！　というような力強い意見であった。都心に戻るので少し時間がかかる。その車の中で政治君と一緒に洪さんからもう少し香港の今の状況についての話を聞いた。

「中国に返還されてふたつの中国になって何が一番変わったのですか」

政治君がキマジメな口調で聞いた。手にノートとボールペンを持っている。

「毎日中国本土からやってくる人が百五十人ぐらいいると言ってますね。毎日ですよ。中国よりも香港のほうが給料高いからみんな香港に来たがるね」

「どのくらい違うのですか？」

「上海だと日本円にしてひと月の給料は五万円ぐらいだけれど香港は十二万円から十三万円は貰っているからみんな香港に来たがるね」

「誰でも中国本土からこっちに来られるのですか？」

「香港せまいからそんなことしたら香港中人だらけでみんな海におちてしまうよ。今だけで香港七百万人いるからね」

「どんな条件が必要なんですか？」

「父母のどちらかが香港の人というのが最初の大事な条件ね。でも香港から中国へはビザがすぐとれる。どんどん行きなさい。帰ってこなくてもいいですよ、と言っている。でもみんな帰ってくるね。だから香港はいつでも人だらけね」

そんな話をいろいろ聞いているうちに灣仔《ワンチャイ》地区の華美酒店《ワーニーホテル》にある富東海鮮飯店に到着した。いかにも香港の高級ホテルらしいキンキラの装飾に彩られていて車から下りるとどうも深呼吸が必要な気分だ。

ホテルの大きな入り口の向こうに豪華なしつらえのエレベーターがあって左右におきまりの切れ長スリットの入ったキンキラドレスの係の女性。それで三階へ行くとまたもや派手な店構えがあった。洪さんは「顔」らしくいかにも香港顔をしたほそっこいやさ男ウエイターがうやうやしく洪さんを先頭にした我々を迎えるのだった。ナマコを食いにこんな豪華な店に来てしまっていいのだろうか、と我々はひそかにやや焦る。

強烈にクーラーがきいていて店の中はやはりキラキラなかんじの中国のＢＧＭ。

大きな丸テーブルに座っておしぼりを使っているとまだ何も頼んでいないというのに瓶の形からしていかにも高そうな紹興酒が出てきた。すでに洪さんが料理は頼んであるようだった。

やがてどどっとそれらが出てきた。

フカヒレスープ

アワビ姿煮
厚花膠遼参（魚の浮袋とナマコの煮込み）
遼参扣鵝掌（ナマコとガチョウの水かき土鍋煮）
蝦子遼参（ナマコと海老の子の土鍋煮）
フカヒレ、カニ、カニミソ、モヤシの玉子炒め
貝柱と白身魚のチャーハン
玉子麺
白と黒のババロア風デザート
白い粥風のデザート
おお。
いや右隣に書いた「おお」というのは料理名ではなく我々全員が「おお」とうめいたのである。
こんなにうまそうで高そうで大量の料理の代金をいったい誰が払うのだろうか。我々もまあそれぞれ一応の金は持ってきているはずだが、もしかするとそれぞれがヒト頼みで三人の所持金を足してもたいした金額にならない、という不安はある。しかし、とりあえず我々はこれから大きな商いをするためにやってきた日本を代表するよ

うな「ナマコ軍団」なのである。

「とにかく堂々としていよう」

期せずして三人が同じことを考えていたらしく、洪さんが席をはずしたのと同時に我々は同じ不安を素早くつげあい、しかしもうしょうがない、あとは成り行きにまかせていくしかない、ということで合意した。

「堂々としていよう」と言ったのは小田さんであった。しかし小田さんがそのあとに小さな声で言ったのがなさけなかった。

「いざとなったら逃げるという手もあるからね」

不安はあったが紹興酒やビールを飲むとどんどん気が大きくなってきてじきにテーブルの上の料理を残さず平らげた。

やがて料理長の林永春さんが出てきた。

料理長は香港で有名な料理人「アワビ大王」の弟子で、中国大陸から密入国して豚肉の卸の仕事をしているうちにアワビ大王と出会い、弟子入りして今日に至ったという。

ちなみにその頃は密入国しても七年間香港に住めば滞在が合法的になったという。

「この三人は日本からやってきたナマコ生産の人々です。質のいいナマコをこれから香港に供給してくれるのです」

　正確には不明だが洪さんはそのようなことを言ったようであった。

「それは素晴らしい。日本のナマコは一番おいしくて優秀です。沢山のナマコを香港に送ってください」

　料理長はそう言ったようだ。

「大変おいしい料理でした。とくにこのナマコと魚の浮袋の煮込み、などという料理は日本ではおよそ考えられない料理です。またナマコとガチョウの水かきがこれほどしっくりした味になるということも大変素晴らしいことでとにかく驚くのと同時に感服しました」

　小田さんが我々を代表して話した。さすが一番年上のことだけはある。もっとも洪さんがそれをどのくらい正確に訳してくれたかはわからない。私が思うところ洪さんの話はいやに短かったからおそらく半分以上はしょっている可能性がある。

　それでも料理長は喜んだらしく、いったん厨房に戻るとボウルに入ったナマコを持ってきて我々に見せてくれた。

　ナマコの戻しかたは、まず水でよく洗い、きれいな水を張った鍋にいれてゆっくりあたため沸騰直前に火をとめ、一晩かけて自然にさます。それから水をかえて再び沸騰直前に火をとめてさまして半日おく。途中ハラワタをとって掃除しながら同様のことを三日かけておこない、最後にはもとの大きさの四〜五倍ぐらいの大きさに戻す、という。

「フーム」

今し方食べた大きくて柔らかいナマコの感触を我々はそれぞれ思い出していた。それから最後に出された冷たいお茶をゆっくり飲んだ。

その食事時間は二時間もかかった。もうナマコもアワビもフカヒレもツバメの巣もいらない。アヒルの水かきも鴨のクチバシもカエルのシッポもいらない。ああ、御馳走さまでした。

「どうですか。おいしかったですか」

洪さんが聞く。もともとお腹の大きな洪さんはもう体の前方半分以上を突き出している。そしていよいよお勘定の段階だった。なんとなく我々三人は洪さんより前には出ていかないようにして、ちょっとグズグズして洪さんのあとに続いていく。

やがてレジの前に接近していく。緊張の一瞬である。洪さんはレジカウンターの横にいたやはり馴染みらしいウエイターに何ごとか笑いながら話しかけ、そのまま曖昧に手など振って店から外に出ていくのであった。

そのあとを我々三人はほぼひとかたまりになりながら曖昧に通過していく。店の人は誰も何もいわなかった。いや、みんな「シェイシェイ」などといって頭を下げていた。店から十メートルぐらい離れても誰も追いかけてくる人はいなかった。三人で口々に小さく「シェイシェイ」と言った。それから太って満腹のくせに結構身軽にもうかなり先に行っている洪さんを追って揃ってわさわさ進んで行った。

謎のタアママアジョク

ホテルに帰るとその日はもう全員満腹なのでそれぞれ風呂に入って体と胃袋を休ませよう、ということになった。

フロントで部屋の鍵を貰ったあと、

「しかしその前に……」

と、政治君がいくらか神妙な顔をして言った。

「明日のことをちょっと……」

そうであった。明日の九時までに尖沙咀に行っていよいよ今回の旅の最大のテーマ。この香港ナマコシンジケートとの絆を深めるための重要な話し合いに臨まなければならないのだ。

三人でフロントのソファや椅子に座り、頭をよせあった。お腹がいっぱいなので前かがみになると苦しい。

「話では二人で行くということになってますが、これはどうしましょうか」

政治君はいままでの酒でやや赤い顔をしていたが表情は緊張していた。

「そうなると政治君のほかに私か小田さんが行く、ということになるけれど、ここは小田さんのほうがいいでしょう。ああいうものはいざというときの重要な判断をその場でしなければならない場合がよくあるでしょう。そういうときは我ながらどうもこころもとない。ここは肝っ玉の据わった小田さんのほうが絶対いい」

私は本音でそう言った。これまでいろいろな小田さんの言動を見ていてなおさらその感を強くしていた。

「いやあ。そうじゃないよ」

小田さんが右手を軽く左右に振った。

「どうせならまた三人で行こうよ。ここまで三人一緒に来たんだもの。あんただって作家なんだからこういう特殊な状態になったときの様子なんて現場にいてそれを見たいでしょう。わざわざここまで来たんだもの。それにもし話がこじれてあっちの組織の人に我々がどこかに連れていかれて足だけコンクリートで固められて香港のあの重油の浮かんだ港の先の海にほうりこまれたりした場合、あんただけ生き残っていたらまずいでしょう。そうなったら日本の警察に絶対あんたが疑われるよ。いや我々を始末したあとその事情を知っているというのでこっちの組織にあんたが確実に狙われて同じことになると思うけれどね。逃げようと思っても絶対駄目だ。空港あたりで確実に捕まるよ。なにしろここはいたるところやつらのフトコロの中なんだからね」

小田さんがヘンテコなことを口ばしった。私は驚いてすぐに言った。

「え！　なんですかそれ？　小田さん、なにか香港の裏社会のギャング映画とかカンフー映画なんか見すぎてんじゃないですか。なんで我々がコンクリートで足を固められなければならないんですか。第一我々を始末して彼らにどんな利益があるんですか。ナマコごときでなんでそんなアクションがおきるんですか？」

「ナマコごときって〝ごとき〟ってなんですか！」

珍しく政治君が怒った声をだした。

「あっ、いやスマン。そういうわけじゃないんだけど」

じゃどういうわけだ、と政治君に聞かれると困るな、と思ったけれどその前に小田さんが言った。

「まあね。こういうコネクション社会はうまくいっているときはいいんだけど、いったん裏目に出ると、たとえばこういうところの華僑というのは日本人の想像のおよばないような奥の深い闇の部分を持っているというからね。コンクリートは冗談だけど、用心するにこしたことはない、というハナシだよ」

「脅《おど》かさないでくださいよ」

政治君が言った。

そのあといろいろ話をして、まあ今日の洪さんの話の様子だと、絶対に二人だけじゃないといけない、ということではなくて一人より二人のほうがよりいいですよ、という微妙なニュアンスがあったので三人で行っても問題はないだろう、と小田さんが言った。もっとも洪さんのあの話しかたから微妙なニュアンスをかぎとる、というのはありえないような話ではあったのだけれど……。

満腹は体を疲れさせる。話合いはそのあたりで散発的に終了し、明日の朝一緒に朝食をとってその足で待ち合わせの尖沙咀に三人で行こう、ということになった。

翌朝、約束通り八時にロビー階にあるレストランに行くともう政治君がスーツにきっちり身を固めて来ていて、昨夜よりも緊張した顔をしていた。小田さんの姿はまだだったが私の顔を見るなり、

「今朝、洪さんから電話がありまして八時半にこのホテルに洪さんからさしまわしのハイヤーが迎えに来てくれるそうです。いよいよ本格的です」

と、緊張を崩さない顔で言った。

そこへ小田さんが昨日と同じ派手なアロハシャツ姿で現れた。まだねむそうな顔をしている。リクルートスーツのようなのを着た政治君の前に座ると二人はどういう関係なのか見当がつかない。政治君は小田さんにさっき私にしたのと同じことを話していた。

「ふーん。やっぱり向こうは本気なんだね。まあ問題はひとつ。いったいどういう条件を言ってくるかだな」

小田さんも今朝はようやくシリアスだ。

三人でなんとなく重い雰囲気の朝食を食べた。しかし小田さんはパンのほかに饅頭にお粥まで脈絡なく食べている。

「まあ人間、朝が肝心ですからな」

私だけ外出着ではないので部屋に支度に戻った。

時間ぴったりに迎えに来てくれたのはただのハイヤーではなく、最初にこのホテルで顔を合わせた四十年配の肩幅の広い男と黒ずんだ顔をした男の例の二人組が乗っていた。おたがいに言葉がわからないので曖昧にうなずきながら車に乗る。迎えに来た二人は走り出してもあまり自分たちの話をしないでだまって前方を見ていた。

なにかで話がこじれて、どこかに強引に連れていかれるとしたらまたこの車なんだろうな。港のほうに向かったりしたら嫌だな、などと気まずい沈黙の中で思ったが二人にそのことを話すのはやめた。そもそもこの程度のことで足をコンクリートで固められるわけはない、と怒って言ったのは私だったのだ。思えばあまりにもマンガチックな想像だった。だって考えてみたら我々は単にこちらのナマコ業者の招待旅行にのせられてやってきただけで何か商売上の策略というのは一切ない。ゴホウビのようにして呼ばれたから来ただけなのだ。いたずらに脅えているほうがおかしい、ということになる。

東京と同じくらい慌《あわ》ただしくけたたましい都市の真ん中を通り抜けて丁度三十分ほどで待ち合わせの場所に着いた。車の停まったところに洪さんのまるっこい体があった。

「よく寝たか。セジさんよく寝たか寝ないか。オダさんよく寝たか寝ないか」

洪さんは先におりた二人に大声でそう言って握手を求めている。

「寝た」

る。

「寝た」

二人が続けて言った。我々はもうだいぶ洪さんとの会話のコツがわかってきてい

「寝た」

といきなり言って私は洪さんと握手した。

そこはホテルの前であったが、ホテルのほかにショッピングフロアなどもいろいろくっついている日本にもよくある複合ショッピングセンターのようなところだった。都心からは少し離れているようで、いま通り抜けてきたところよりは人の数がだいぶ少なかった。デリケートな商談にはこういうところの一室がいいのだろう。

「周さんはどちらに？」

政治君が聞いた。

「わたしたち部屋を予約したので大丈夫。周さんはそこに来るよ。すぐ来るよ。今くるよ」

「今くるよ……」なにかどこかで聞いた名前みたいだなあ、と思ったが洪さんはもうどんどん歩きだしている。エレベーターホールを通りこしてその先の階段を下に降りた。そうか、地下なのか。なるほど。

何がなるほどなのか自分でもよくわからないのだが、今はとにかく歩いていくしかない。地下一階の階段の正面に寂れた演芸場のチケット売り場のような窓口があった。洪さんが何か早口の中国語でいう。

「竹藝舍」

と、その窓口の上に書いてある。そこは静まりかえっていて、廊下ぞいにいくつも小部屋が続いていた。日本の感覚でいうとカラオケボックスのような個室である。なるほどいかにもデリケートな商談には適しているようだ。

やがて奥からチャイナドレスの上にトレーナーを羽織ったかなりいいかげんな恰好をした若い女がやってきて我々を案内した。

いよいよ決戦の場にやってきたのだ。ナマコのより大きな取引を前提にした話であるから問題になるとしたら量に応じた取引額の元と円の交換レートなどをどっちの相場で決めるかなどという話がまず最初の筈だ。ノーマルでいえば変動制がいいだろう。私の前を歩いていく政治君のいよいよ緊張した背中に力がこもっている。余分な緊張、余分な力をできるだけ削いでやるのがここまで同行した私や小田さんの役目だ。

予約した部屋に着いた。すでに関係者の誰かが中にいるのかと思ったが誰もいなかった。中央にテーブルがあり、濃い緑色のテーブルカバーがかかっている。そのまわりに椅子が四つ。部屋の隅に粗末なつくりの棚がありそこに電話機がひとつ。ほかには何もなかった。まるでテレビなどで見る警察の取り調べ室のようだと思っていると、さっきここまで案内してくれた女が平べったい箱を持ってやってきた。何かの契約書のようなものが入っているのだろうか。しかしそれを見た洪さんがテーブルにかかった緑のカバーをサッとはずした。女が四角い平らな箱の蓋をとって中のものをテーブルの上にザザザッと流し込むようにして落とした。流れる平らな羊羹のように沢山の大きな麻雀牌が現れた。

政治君がポカンとした顔をしている。

「なんですか？　これ」

「きのうわたしたちが言ってあなた知りたいと言ってたタアママアジョクね。日本にも沢山あるのわたしたち知っているよ。香港のタアママアジョク日本よりとても簡単で知らなくてもすぐ覚えるよ。あなたたち少しはやりかた知っているか知っていないか？」

洪さんが小田さんや私の顔を見て聞いた。

「知っている」

「知っている」

私と小田さんが連続して答えた。そうか、昨日の謎の言葉はコレだったのか。

「洪さん。タアマアジョクってどんな字を書くの？」

小田さんが聞いた。

「タアはほらなんというか、日本の言葉で〝打つ〟というね。マアは麻雀のことね。ジョクいうのは親しくまじりあうということやご飯を食べることなどいろいろ意味あるよ」

言いながら洪さんは手際よく牌を並べている。タアマアジョク。どんな文字を書くのか聞いただけではわからないので黙っていたが、今の説明でそのコトバの意味はまことに明確に理解できた。香港の牌は大きく、マッチ箱ぐらいの大きさはある。麻雀のことを積み木というが、これは本当に積み木をするようなものだ。

政治君は麻雀はやらないので私と小田さんがそれに触る。ちょうどそのとき肩幅の広い運転手に案内されて周さんが現れた。政治君はじめ私も小田さんも立ちあがって挨拶をする。

話はいきなり意外な方向にころがってしまったが、友好的であるらしいのはかわりないようだ。契約話の前に友好をさらに深めようということなのだろうか。

洪さんと周さんがなにか早口で話をし、二人で時々笑いあったりしている。政治君はおさまりのつかないなんとも曖昧な顔をしている。洪さんと周さんの何事かの話がおわり、では早速ゲームにはいりましょう、ということになった。

「その前に……」

と、小田さんが言った。

「これは何か賭けてやるんでしょう。始まるまえにそのことをはっきり聞いておかないと」

「わたしたち子供大会じゃないので必ずなにか賭けます。浦和や中目黒では何も賭けないか賭けるか」

洪さんが聞いた。

「現金にしましょう」

「それがいちばんいいね。いくらにするか。高いか安いか」

「安いのにしましょう。我々慣れていないからね。でもとにかく現金にしましょう。それ以外に何も賭けていないですね。何かの権利とか契約書とか？」

小田さんが聞いた。

洪さんは周さんと何か短く言葉をかわしてカキキキキなどと笑っていて今の質問を

あまり真剣に聞いていないようだった。

「洪さん。このゲームには何かの権利とか契約書などというものは何も賭けられていないですね」

小田さんは念をおすようにしてまた同じことを言った。さすが小田さんである。このへんがなかなか凄いところだ。ふいにその年の夏、北海道へ小田さんと旅行に出たとき、羅臼でかなり強い麻雀をうつ漁師と出会って不思議なローカルルールで三人麻雀の壮絶なタタカイをくりひろげたことを思いだした。

「ケンリ？　何かそれは。わたしたちあなたの言っていることよくわからないよ」

そう言いながら洪さんはどんどん牌を積みはじめていた。そこにさっき我々を迎えに来てくれた顔の黒ずんだ細い男がやってきた。肩幅の広い運転手は椅子がなくて立ったまま見ている政治君と自分たちのためにほかの部屋から椅子を持ってきた。それから三人は思い思いの場所に座った。この二人の闖入者がどうも気になった。麻雀劇画などではこういう場合味方にこちらの手の内容を暗号で知らせる「トオシ」というのがある。

「香港の麻雀は簡単だけどどのくらい簡単か説明すると、いらない牌はどこに捨ててもいい――というのがひとつ。何で上がってもいい――というのがひとつ。ドラもないし牌は日本のように最後に少し残したりしないで最後まで使うのがひとつ。あとはそのときそのときそのときわたしたち説明するよ」

他流試合とは思えないような簡単な説明ですぐにタタカイは始まった。周さんはずっと和やかにだまって牌をつかみ、これが香港流だといわんばかりのしぐさで牌を持った手をくるりと優雅に回転させ、卓にスパンと打ちつける。香港の麻雀のテーブルは端に滑り止めの突起のようなものがまったくないただの板であった。だから牌を打ちつけると音が凄い。

洪さんは力をこめて牌を引っ張ってくる、というやり方だ。日本にもそのタイプはよくいる。小田さんはいつのまにかいつものマイペースになってうまく二人のリズムに合わせていた。

私の捨てた牌を見て周さんが低い声で「プォンガン」と言った。当たったのかと思いびっくりしたが、日本でいう「ポン」で、周さんは三枚の同じ牌を自分の前に並べた。もうテンパイしたのかな、と警戒しているとその三巡目ぐらいあとに自分の積もり牌で上がった。

「シクウッ!」

普通の〝日本的麻雀中国語〟でアガリは「ロン」だがこっちは不思議な声で「シク

ウッ」というらしい。たいした手ではなかったが思えばまだレートは聞いていなかったのだ。念のために確かめる。

「洪さん、今の手はこっちで幾らぐらいなんですか？」

自分のほうがいい手だったらしく残念そうに洪さんはいつまでも自分の牌を見ており、いまの私の質問は聞いていなかったようだ。

洪さんがようやく顔をあげたので同じことを聞く。

洪さんは周さんの手を見つめ、周さんから何かひとこと聞いてから、

「安いね」

と言った。しかしそれだけの返事では困る。平均的に高い手が五十万円ぐらいで、それにくらべて今のそれは八万円ぐらいだったという「安い」ではだいぶ意味が違うのだ。

「だからこっちのお金にして幾らぐらいなの？」

意味がわかったらしく洪さんは周さんにまた何か聞き、

「まあ大体二十元ぐらいですね。この人あわてすぎて上がるの早いだけね」

洪さんは今の自分の手にそうとう未練があるようだった。

「二十元というと幾らだっけ、日本円で」

私はちょうどむかい側に座っている政治君の顔を見ながら言った。

「えーと三百円ぐらいですね」

そうか、そんな程度なのか。だったらたとえばこの回全部負けても負けた金を払えずにコンクリートで足を固められる、ということもないだろうな。そう思いつつもどうもこれはあまりにも弱腰になっているなあ、と自分がなさけなくなった。意味なく脅していた小田さんがいけないのだ。まあいざとなったら小田さんの何かとんでもない隠し技が出るのだろう、と私は予想していた。北海道の一件を見て小田さんは何かどうも奇術めいたイカサマ技を身につけているのではないか、と私は勘ぐっていた。もっとも大勝負でそれをやって見破られたら本当にコンクリートかもしれないが。

淡々と打っているうちに私の手はテンパイになった。日本の麻雀だとここで「リーチ」の理想的な手だ。もどかしくココロの中で唸っているとほどなく「シクウッ!」と言ってまた周さんが自分の前に牌を倒した。

洪さんと周さんがまた何事か早口で喋っている。さっきの倍を周さん以外の全員が周さんに払うことになった。千八百円の勝ちだ。なるほどどんなに安い手でもこれをずっと続けられたらダメージはけっこう広がっていわゆる「チリも積もれば」の法則で差はどんどん開いてくる。これは安い手でもどんどん上がっていかなければ負けてしまう麻雀なのだ、ということに気がついた。

私の後ろに肩幅が座っていて、小田さんの手が見えるところに黒ずんだ男が座っているのがじわじわ気になってきた。しかし旅行会社の経営者と、大きな乾物問屋をやっている人がこんな低いレートの麻雀でわざわざ手のこんだ勝つための闇の仕掛けをほどこしているとは思えない。

だいたい我々は彼らの客としてここに呼ばれてきたのである。高い航空運賃を出して自分らの国まで呼んでせいぜい五万円ぐらいの金をせしめて何がどうなんだ、と思っていると小田さんがいきなり「リーチ！」と言って牌を横に倒そうとしたが、日本のやり方と違って自分の牌の河（捨て場所）がないのでどこに倒していいかわからず「ありゃ」という顔をしているところに洪さんが「日本のそのルールはありません」といやに丁寧に正しい言葉で言った。落ちついて淡々と打っていると思った小田さんもけっこう焦っているようで、それを見て私も焦ってきた。

それでも私や小田さんも時々上がり、洪さんも派手な身振りと大きな声をだして何度か上がり、昼近くまでやっても特別誰かが大勝することもなく、誰かが大きくヘコんだわけでもなかった。

そのあたりでわかってきたのは周さんも洪さんも純粋に麻雀が好きなだけで、特別なワザ師というわけでもなく、その数時間はまさしく私達との親善ゲームの時間だったようなのである。そして肩幅も黒ずんだ男もそこへやってきたのは単なる時間潰しのようであった。

昼少しすぎにゲームは終わり、周さんは洪さんの通訳で「これから沢山のナマコの取引をしましょう」と政治君に言い、機嫌のいい顔で飄々と湿気の多い街に消えていった。つまり今日のこの麻雀は単なる「親睦の会」というだけだったのだ。

「お腹すいたね」

洪さんは自分の大きな腹をまたもやさすっている。

「ではこれからお昼ごはんね。みなさんは全員で何が食べたいか。またナマコがいいか。ナマコ食べるか食べないか」

洪さんのいつもの迫力のある喋り方にはつい煽られて全員どちらかに「ハイ」と言ってしまうのだが、その日は小田さんが、

「ひとつ欲しいものがあるんですよ」

と言った。

「なんですか。ポルノ欲しいか。日本人みんなポルノ買うよ。欲しいか欲しくない

か！　欲しいか！」

　そのままにしておくと腹つづみでもしかねない手つきで洪さんはポンポン自分の腹を叩いた。

「いや、そうじゃなくてね。ＸＯ醬《ジャン》っていうのがあるでしょ。あれが欲しいんですよ」

　小田さんは旅の勉強家である。いつの間にか何かのガイドブックでそのようなものを研究していたらしい。

みんなの贈りもの

XO醬とは何か？

聞く間もなく洪さんがもちまえの大きな声で言った。

「XO醬あなたがた知っているか。XO醬は香港の自慢の秘密の足じゃなかった味よ。ではそこに行くか。みんなも行くか行かないか！」

例によって洪さんのおどしのような即時意志決定要求がきた。

「行きます」

「行きます」

簡単に決まった。肩幅の広い男の運転するハイヤーにみんな乗り込み彌敦道《ネイザンロード》を南に下り、朗廷酒店《ランガムホテル》へとむかった。香港のホテルはかつてイギリス系のところをそのまま使っているものが多く、本格的なヨーロッパクラシックの落ちついた雰囲気のところが多い。そのホテルもかつてはグレート・イーグル・ホテルといったそうだ。

ＸＯ醬はこのホテルの中二階にある唐閣《タンコート》で売っているという。

「そのＸＯ醬っていったいナンなんですか？」

私は斜め前を歩く小田さんに低い声で聞いた。

「オイルに干し貝柱と金華ハムと唐辛子をまぜたものだよ」

小田さんも小声で言う。

「何か秘密の精力剤のようなものですか？」

「けけ」

と小田さんは低い声で笑った。

「そんなんじゃなくてタダの調味料。しかし万能。魔法の調味料」

「へえ、そんなものよくこういうところで売っているって知りましたね」

「プロはプロの技を知るというものですよ」

「そもそもこのＸＯ醬はですよ」

先に行く洪さんが背中ごしにいきなり言ったのでびっくりした。我々の会話を聞いたようなタイミングだ。しかも「そもそも」なんていうのだからやや緊張する。

「これは最初にペニンシュラホテルの嘉麟楼《ガーロンラウ》のシェフが作ったものでそれがいつのまにかあちこちに広がったものね。けれどわたしたちここがいちばん好きですね。これひとつあると食べ物すべて魔法にかかるよ」

緊張したわりにはたいした話ではなかった。

一瓶百六十八香港ドル。日本円にして二千三百円であった。

「じゃ十本ください」

小田さんが言った。

おお。政治君も私も黙り込む。やるときはやる。出るときは出る小田さんがまた出てきた。いやこの場合は金を出しているんだから出すときは出すか。

「冷蔵庫にいれておけば三ヵ月は持つとここのお店の人言っているよ。あなたのうち大きい冷蔵庫あるかないかあるか？」

「あるある」

小田さんが親指を一本上に立てた。

ここの買い物が終わって外に出ると洪さんがなんとなく体全体をふくふくさせながら言った。

「そろそろお昼ごはんの時間になったからわたしたちまたハイヤーでお昼のお店にい

くよ」その前に皆さんの泊まっているホテルに寄って、例の、斜里の組合の書類などを持ってくるように——と洪さんが言った。いよいよきたか——という感じだった。

もうこうなるとすべて洪さんにおまかせするしかない。

再び九龍香格里拉大酒店に行った。驚いたことにちゃんと時間をきめてあったらしくここに我々の知らない、洪さんが約束していた人が二人ロビーで待っていた。

落ちついた色と形のスーツを着た小柄な紳士は中国人とヨーロッパ人の血が混ざったような顔をしている。年齢は五十代半ば。

名刺を貰《もら》った。揚文弥《ヨウブンヤ》と書いてある。

その隣のごつい四角顔をしてテラテラした生地に複雑模様のついたシャツ姿の四十代の男は李望強《リボウキヨウ》と書いてある名刺を渡してくれた。望強という文字面だけで判断すると「ほしいものに貪欲」という意味にとれてしまう。

長い漢字の肩書は香港の乾物関係の組合組織の人らしいと文字の羅列から読みとれた。揚さんの名刺には肩書は何もない。

「そろそろわたしたちの香港の視察旅行は最後になるのでわたしたちのえらい者がここでみなさんにお願いをします。そういうおねがいみなさんで聞くか聞かないか！」

「聞きます、聞きます」

我々は声をあわせた。

レストランは地下にあった。沢山の大きな部屋が並んでいて大勢の従業員が慌ただしく動き回っている。どうやら間もなく結婚式の披露宴が行われるようで着飾った人々が沢山いた。もうあらかた支度のととのった披露宴会場にこれはまごうことなく麻雀の卓がずらりと並んでいるのを見た。

思わずそばを歩いていた洪さんに聞いた。

「洪さん。これは麻雀卓ですよね。結婚式かと思ったんですがそうじゃなくて高級麻雀大会か何かですか？」

「いやこれは結婚式ですよ。わたしたち結婚式やりながら麻雀やること好きです。楽しいこと一度にいろいろやるともっと楽しくなるからね」

そう言って洪さんは「きはははは」と笑った。

我々の通されたのはそのフロアの一番奥の、それでも椅子の席で軽く二十人ぐらいが食事できるような部屋だった。その真ん中に大きな円卓があり、すでに前菜などが用意されていた。しかし政治君にもこの立派なしつらえの昼飯のことは洪さんからつたえられていなかったようだ。

打ちとけた雰囲気の洪さんと落ちついた物腰の揚さんと四角顔の李さんが笑顔で世間話をしている。

政治君が今回の旅で一番重要と言っていた仕事上のトリキメなどを話す最高営業会談のようなものがここで唐突に始まるようであった。先方の一番えらい人は名刺に肩書の一切ない揚さんであるのは間違いないだろう。

洪さんが何も言わないので小田さんと私と、それから緊張していささか硬くなっている政治君とであたりさわりのない雑談をしていた。このフロアの部屋は大きいね、とか麻雀やりながらの結婚式とはどんなものかね、といった他愛のないことだ。

ぼそぼそ言っているうちに大きくて立派な円卓の上に料理が出されてきた。

店の人がその料理を説明していくようだ。洪さんが我々にむかって「蟹爪揚げ春巻と小饅頭です」と説明してくれる。

「折角だからまた主菜はナマコにしたよ。それでいいかわるいか？」

「いい、いい」

我々は口を揃えて言った。

ビールと白酒が出された。揚さんだけが白酒をとり、あとはビールだ。

乾杯が終わると「セイロ入りの海老シュウマイとブロッコリィシュウマイ」という

わりあい庶民的なものが出てきた。しばらくそれらをつまみながらあたりさわりのない話をしていく。

さらにいくつかの料理が出て三十分ぐらいしたあたりで「日本のナマコの海老詰め野菜添え」が出てきた。そのナマコがきっかけになったようにしていきなり本題の話が始まった。

やはり揚さんの言う話を洪さんが通訳して我々に伝えてくれるというスタイルだ。

「日本のナマコは大変すばらしい」

洪さんが言った。

「でもコレわたしたちの意見ではなくてこの揚さんの今言ったコトバをわたしたち言っただけよ。でもわたしたちも今日のこの日本のナマコとてもおいしいから揚さんの言ったのとおなじ意見よ。だから話しやすいね」

洪さんが通訳する話に自分の意見を加えると急にわかりにくくなるのだが、揚さんがそのあとにこやかに言ったことはストレートでよくわかった。

「こういうおいしいナマコをわたしたちはいつもほしい。だから今回は皆さんを香港におよびして香港のナマコの販売やレストランで商品になっている状態をひととおり見てもらいました」

本来は立場上政治君がそれに答えたほうが内容的にはくわしいのだが、ここも年齢から見ても貫禄からいっても小田さんの出番だった。

「今回は我々をご招待していただき感謝しています。漁をして干しているだけでは分からないナマコのいろいろな味を世界で一番料理のおいしい香港で知ることができて大変感激しました。わたしは日本でナマコをとって加工しているだけにすぎない漁師ですが、今回こういう形で香港という大消費地で日本のナマコが活躍しているのを知って大変嬉しく、そして誇りに思っています」

「おお！」という感じだった。結婚式のスピーチなど数々経験しているからなのだろう。すらすら流れるようにコトバが出ている。

「香港はこの貴重な食べ物の材料をいつも安全に大量に手に入れていなければなりません。そのために皆さんがこちらに来られてまず最初に徳輔道西の「徳成海味」の主人にあなた方の作っている乾燥ナマコを鑑定してもらいました。間違いなく世界の一級品でした。そこで我々は皆さんとこれからもっと直接に親しくなって大量にナマコを仕入れていきたいと考えているわけです」

みると洪さんはメモをとりながら通訳していた。洪さんと出会って初めての光景だった。

「了解しました。日本に帰って近所の漁師仲間や地域の組織と話をしてこのことを伝えたいと考えています」

小田さんはまるで事前に想定会話の練習を積み重ねていたように澱《よど》みのない、しかも正確な会話の対応をしている。こうなったら政治君や私などが下手に口を挟まないほうがいい。

日本のナマコは香港でレストランの料理になると、日本では想像できないくらい柔らかくそしてふくよかな味になっていた。その日もテーブルに出されたそれは、海老の肉の味によく馴染んでしみじみうまく、絶品高級料理の風格があった。

揚さんがまた何か喋る。殊勝にも洪さんはそのたびに箸をおいてペンをとり、その話の要点をメモしている。洪さんもやるときはやるタイプなのかもしれない。

「今回こうして親しくなれましたのでそれでお願いがあります」

我々は揃って頷く。

揚さんの話はもうワンステップ踏み込んできた感じだった。さあきた。

「それと、これは皆さんの国で起きていることなのでよく知っていると思いますが、最近日本の海を舞台にして、中国と日本のヤクザがナマコを密漁しています。おそらくそれは今回皆さんがサンプルとして持ってきた黒ナマコと同じ種類のものだろうと思われますが、彼らの密漁したナマコは後処理が非常に荒っぽくて、品質的には格段に劣ります。そうしてそういうナマコがいまどんどん市場を混乱させているのです。わたしたちには三つの乾物組合がありますが、これからもわたしたちだけの組合との取引をお願いしたいんです。同時にあなたがたの生産者の数を増やしてもらい、取引量がもっと増えていってても対応できるようにしていって貰いたいのです」

おそらく揚さんの言い方が明確なのだろう。洪さんの通訳がまことに澱みなくぜんぶきちんとわかる話になっている。

「わかりました。わたしのほうは一個人であり、組合ではありませんからどれほどわたし以外のよその人の出荷量をまとめられるかわかりませんが期待にこたえられるようにやってみましょう」

小田さんの答えも最後まで完璧だった。映画ならここらで感涙を誘うところだ。ここで組合の書類などの提出を求められるのだろうか、と思ったがその要請はなかった。もっともその書類は小田さんの指示によって日本でコピーしたものだけで、原本は持ってきていない。しかしそれすらその場で提出を求められなかった。

揚さんと政治君の間に友情のアーチがいま美しく架けられたような気がした。

ボーイがやってきて「オーストラリア産のナマコと豚肉と野菜の炒め物」がテーブ

ルの上に置かれた。

我々のビールが追加され揚さんが白酒をおかわりする。これまでのところ私の出番は何もなかった。ナマコのプロのいるところでいいかげんなナマコ話をしなくてすんでいるのだから有り難い。

と思っていたら揚さんが私のほうを見てにこやかに何か言った。

おお、それが通訳してこちらに話されるまでの緊張のタイムラグだ。やがて洪さんが訳して言う。

「あなたは香港のナマコ料理についてどう思いましたか?」

よかった。その程度で。

「まあ日本とこちらのナマコ料理は大分違いますが、こちらのナマコは全体にまったりとしてのったりとしてくったりとして独特の風味があってよく味がしみ込み、つけあわせるほかの蟹とか肉などに馴染んでまことに素晴らしいと思いました」

洪さんが難しそうな顔をしてメモを睨んでいる。すぐには通訳できないようであった。

「まったり? くったり? のったり?」

そう言って小田さんの顔を見ている。洪さんの知っている日本語の語彙にはない言葉なのだろう。日本人だってそんな言葉は知らない人が多いだろうから洪さんにわかる筈がない。

「まあ胃だけではなく心も〝おいしい〟と言っているようです、と通訳すればいいんじゃないの」

小田さんはそう付け加えた。相変わらずヒトを食っている。

しかし次は小田さんへの質問だった。香港のナマコはどうでしたか？　という同じ内容だ。

「日本の海の水はこちらより大変冷たいのでそれで味の引き締まったいいナマコが沢山とれているように思います。日本はコンブなどの海草もおいしいですからそういうものを加えた料理もこれから研究してください」

小田さんはまああたりさわりのないことを言っていた。

帰国までに揚さんの組合との取引条件の書類を新たに書く、という話になった。それは以前からの契約書と変わりなく、更新されるだけという話だった。デザートとお茶が出たあたりでいままでずっと黙っていてなんとなく不気味だった四角顔の李さんが、

「次回は香港の関係者が北海道のナマコ産地の見学にいきたいものです」

と言いだした。なんとなくその話ぶりに今回の「お返し」というニュアンスが含まれているようなので、そうなると政治君のような一ナマコ業者の手におえる話ではない。

「まだわたしども生産者にはみなさんに感心してもらえるような設備もありません。やがてもっと力がついたらぜひお出かけ頂けるよう各方面にも働きかけ、ゆっくり検討したいと思います」

抜け駆けのようにして小田さんが答えた。こういうのに政治君が生真面目に反応して「ぜひ来年あたり」などと答えてしまい、三十人ぐらいの大視察団ができたので早く呼んでくれ、などということになったら仕事どころではない。小田さんのしぶとい技が光った一瞬だった。

揚さんと李さんそして我々三人が握手してその席で別れた。料金はまたもや全部先方のおごりだという。やったあ。

「あとで渡される更新の書類というのはここで慌ててサインするんじゃなくて日本に持って帰ってゆっくり読んで、地元の協力者とも相談してそれから送り返したほうがいいよ」

地下フロアのなかなか騒がしい通路を歩きながら小田さんが政治君に言った。

「まあ全般に友好的な商談だったね。やっぱりよその仕入れルートとの競争が背景にあるんだな。今後そういうところが今の揚さんの組合よりはるかにいい値や条件で接近してくる可能性があるようだぞ。どうする政治君。願ってもない売り手市場だぞ。香港にいるうちにもう一つ別のナマコルートと接触してもっといい値でふっかけて大儲けをするという手もあるぞ」

小田さんが思わせぶりに低い声で言った。

「もういいですよ。そんなことをしたらそれこそ最初に取引した組織の連中に足をコンクリートで固められて維多利亞《ビクトリア》港にドボンでしょうよ」

笑って歩いているうちにこのフロアでひときわ騒々しい結婚式の披露宴会場の前を通った。

大きな戸が開いていて中の様子が見える。驚いたことに沢山並んでいるテーブルの半分ぐらいで本当に麻雀をやっているのだ。その卓ざっと五十。カチャカチャガラガラ麻雀をやっている連中のむこうに酒を飲んで大騒ぎしている集団がいて、一見するとわざわざ麻雀屋にきて結婚式を挙げているようにもみえる。もうなにがなんだかわからなくなってなんでもあり、という状態になっているようだった。

「いいすねえ。すべていいかげんで。いいすねえ」

政治君がホッとしたような顔で言った。


その夜が香港最後だった。

当初抱いたなんとはなしの不安が今では滑稽《こっけい》な記憶になっている。三人ともタダで飲み食いさせてもらって、しかも政治君の仕事はさらに上昇が約束されたようなものだ。

洪さんはお疲れだろうから今夜は解放し、最後の日は我々だけで本音丸出しの話をしながらなにかおいしいものを食べに行こう、ということになった。

「こういう時のためにじつはいいお店を調べておいたんだよ」

小田さんが一枚の紙切れをヒラヒラさせた。それには『プライベートキッチン・桃園』と書いてある。

「なんですか、これは？」

「どうもよその家に行ってそこの奥さんの手料理を食べられるらしいんだよ」

「美人の奥さんのですか？」

「決まっているでしょう。プライベートキッチンですよ」

小田さんの鼻がふくらんでいた。

再び小田さんペースとなって一休みしたあとそこにタクシーでむかった。

なるほど山の手のちょっと高級住宅街っぽい一画にその店があった。知り合いの訪問客のようにして玄関を上がり、客間に通される。最初に出てきたのは美人の奥さんではなく、どうでもいい中年の親父であった。

テーブルの上に手書きのメニューが乗せてある。洪さんがいないので互いに言葉があまりよくわからないから静かなものである。厨房でいろいろ音がしていてそこに美人の奥さんがいるらしい。

「美人の奥さんは何人ぐらいいるんだろう？」

「え？　奥さんは一家に一人でしょう」

「いやこういうところだとまだ結婚していない美人の奥さんが三人ぐらいいたりするんですよ。香港だとそういうところがあるんですよ」

小田さんが自信たっぷりに妙なことをいう。

「第一この店の名前を考えてごらん。桃園ですよ。中国で桃園といったらむかしから美しいおんなの人がうじゃうじゃいるところ、と決まっているんですよ」

これはどうも小田さん得意の出まかせジョークらしい。

奥さんが一人もあらわれないうちに最初の料理があらわれた。

萬壽菓燉魚翅（パパイヤを器にしたフカヒレスープ）

続いて、

雞蓉釀啤梨（洋梨の中に鶏肉）

大紅柿鮮鮑魚（トマトを器にした鮑）

「そうかここは何かの果物を器にして出す店なんだ。美人の奥さんがうじゃうじゃあらわれるんじゃなくて果物の器がうじゃうじゃあらわれる店なんだ」

次の料理が出てくるまで少し時間がかかるようだった。

「慌ただしい旅だったからねえ。しかしまあ結果よければみんなよし、というところでしょう。とにかくナマコバンザイでよかった。ところでまだみんなに言っていないことがいろいろあるんだけど、少し話していいかな？」

小田さんが言った。

みんな箸を置いて聞く態勢になった。

「今回のことで私も私なりにナマコのことをいろいろ調べたんだが、ナマコというのは本当に面白いねえ。ナマコというのは第一に感覚器官がなにもないんだね。目もないし嗅覚もないし脳と呼べるような神経組織もないんだ。ただ海底にころがってじっとしているだけ。口も肛門もはっきりしていないんだけど、口らしきところに小さな触手があってこれがゴニョゴニョ動いてひたすら砂を食べている。砂のなかの有機物を選別しているらしいんだ。夜になると珊瑚の下にもぐりこんでじっとしている。明るくなるとそこから出てきてまたころがっているんだ。感覚器官がないけれど、この夜と昼の違いはわかるらしいんだねえ」

「そういう人、ニンゲンにもいますよね。たとえばぼくがそんな気がする」

わたしは言った。原稿を書いてつかれたらベッドに転がり、起きたらまた机の前に戻ってくる繰り返しの自分の日常にどこか似ているなあ、と思ったのだ。

「でもね、キミとちょっと違うのはナマコは捕まえて手で触っているとどんどん固くなっていく。それでもさらにあちこちいじっていると皮膚が溶けて柔らかくなってそれで肛門からすっぽり腸なんか出したりするんだ。キミは腸をすっぽり出せるか？」

「いや、それはちょっと……」

「さらにナマコが偉いのは夜になって珊瑚礁の下に隠れていてそこに天敵がきてひっぱりだそうとすると体全体を固くしてサンゴに引っ掛かるようにして出てこない。でもこれを手で撫でるとぐにゃぐにゃになってしまうんだ」

「ナマコはいったい何を考えているんでしょうね」

「そこだよ」

「どこです」

「いや、そういうことではないよ。これはね、もしかするとナマコこそ男女のあやかしをその微妙な変化であらわしているのではないか、と私は考えたわけですよ」

小田さんが意味のよくわからないことを、いやにおごそかな口調で言った。そんなバカな話をしているうちにドアが開いて、次の火龍菓炒帯子（ドラゴンフルーツを器にしたホタテと野菜）が出てきた。

そしてきわめつきは香茅汁原条海参というものであった。

これだけは普通の白い皿の上に載っていた。そいつがあらわれたときは全員がしんとした。

なぜならチンポコが一本皿の上に載せられてあらわれたかと思ったからだ。三人いるから三本のチンポコだ。

よくみるとナマコであった。香茅汁原条海参という料理は、ナマコの姿煮の中に鶏ミンチがいれてある、と書いてある。ナマコの真ん中のへんにリボンが結んであった。三人の若い奥さんではなくて三本の若い（かどうかわからないが）立派なチンポコが出てきたのであった。

「これはつまり今回の功労者、よくがんばった政治君へのお祝いのようなものだな」

小田さんはもうお腹がいっぱいになったのかその一本ナマコの皿を政治君の方に差し出しながら言った。

「本当ですよ。こんなに大きくて美しくて立派なものを！」

私もそろそろナマコの「ナ」の字を見るのも嫌になってきたので同じように政治君の前にそれを置いた。

「うれしいっす」

政治君があまりうれしくないような声で言った。

エピローグ

小田さんが一方的に危惧した川島家のナマコ問題は、このようにして何ごともなく（もともとなにごともなかったんだけど）事態はむしろ躍進の方向で幕をとじた。

このナマコ騒動で大きな変化を受けたのはむしろ小田さんの新宿の店「呑々」であった。小田さんは帰国するとすぐにドン・キホーテだかどこかに電話して店に大きな水槽をいれ、むかしモーター関係の下請け会社をやっていた小栗さんに頼んで、古い知人から海水供給装置を殆ど只同然で設置させ、そこに政治君から送ってもらった「イボダチ」のいい黒ナマコを何匹も飼うようになった。もちろん売り物である。店の看板の隣に、これはハリさんの関係する自動車修理工場に特注して「高級ナマコ料理」という思わせぶりなかなり目立つ看板を並べた。

店内には通常の品がきのほかに「特製ナマコ料理」というものをつくり、そこには「日本式料理」「本場中国式料理」とふたとおりのブロックがあって、日本式のほうは、おなじみの「ナマコの酢のもの」からはじまって「ぶつ切り橙風味」とか「マ・ナマコやわらか煮」などといったいかにもオリジナルっぽいのが並べて書いてあった。「本場中国式」のほうは「厚花膠遼参」「遼参扣鵝掌」「蝦子遼参」などという本格中華料理店もびっくり、というような名称のものがならべられてあった。これらはどうもみんな今度の香港の大料理店で見たようなものばかりだったが、まあ仁義上、私は黙って感心した顔でそれらをながめていた。

ハリさんなどはびっくりして「マスターさすがに凄いねえ、伊達に香港にナマコ研修ツアーに行ったんじゃないねえ」などと言っていた。我々の旅は「呑々」のなかでは何時のまにかナマコ研修ツアーを兼ねてのもの、となっていたようだ。まあそれも小田さんの奥さん対策のひとつだったのだろう。

しかし、そういう中華の本場ものを注文されて果して小田さんはちゃんとできるのだろうか、という心配が私にはあった。

そこであるときひっそり聞いたのだが、小田さんはニヤリと笑って厨房の棚の上のＸＯ醬を指さし「ためしにちょっとやってみたら、まあどんな材料の組み合わせでもみんなコレさえあればなんとかなるとわかったんですよ」とコトもなげに言うのだった。

「ガチョウの水かきとか魚の浮き袋なんかはどうするんですか」

と聞くと、大久保の韓国、中国の食材問屋でみんな揃うのだそうだ。いやはや納得、感心するしかない。

特別メニューというのがあって、

「香茅汁原条海参」と書いてある。これも私には見た記憶がある。聞いてみるとあの香港の最後の夜に出た、おそるべきナマコの一本そのまま料理、真ん中にリボンがまいてあるナマコチンポコ料理なのであった。

「これをね、この店では一番の上客、これからこの道の先のラブホテルに行くらしい『いちげんさん』に、当店の自慢の逸品ですよ、と言って出すのが楽しみなんだよ」

と小田さんは嬉しそうに「ひひひ」などと笑った。

案外評判をよぶかもしれない。

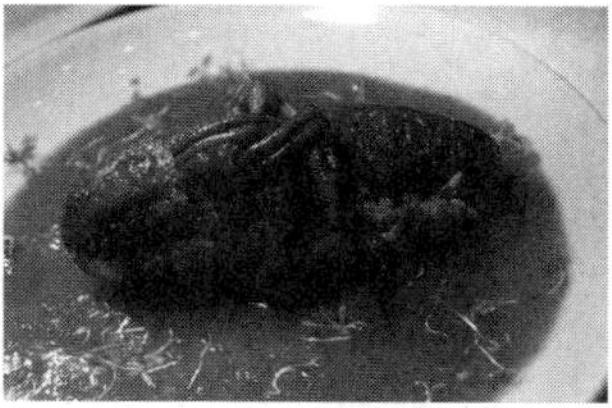

文庫版のためのあとがき

本書は『モヤシ』に続き、二〇〇三〜二〇〇六年にかけて講談社の『IN★POCKET』に連載したものである。しかし、『モヤシ』と『ナマコ』はまるで関係がなく、ただ三文字でタイトルを作るというところに、大して意味のない意味を一人で感じていたのである。共通しているのはどちらもぼくの好きな食い物であるということと、両方とも小説ではあるけれどかなり事実をベースにして物語を書き綴《つづ》っていったという経緯がある。どちらも後半部分は旅が大きな意味を持ってくるがこれも実際に行った旅であり、そのときの実際の同行者をモデルにしている。

本書は事実ベースをもっと深めたお話で、北海道の斜里の川島三兄弟も実在の人々である。政治君がナマコ漁専門の船とその加工処理工場を造ったのも事実である。

本書にも書いたが、ナマコは相当寒い場所は別にして、地球の海のほとんどにいる、たいていの人がなんだかわけのわからない変なものと認識しているまさに変な生き物で、日本では永いこと「海の鼠《ねずみ》」などと、疎《うと》まれはしないが、まあ簡単に言えば無視もしくはバカにされている生物だった。政治君はしかし何かのひらめきか先見の明を持って、世間がまだ目を向けていないそのナマコを専門に採取する漁に着手していた。ぼくもその船に乗ってナマコ獲りの実際を見物し、政治君ファミリーの作ったかなり規模の大きな処理工場でどのようにナマコを製品にしていくのかをくわしく見学し、ある種の感懐を得た。

黒ナマコは大きさに多少のばらつきはあるが、平均十五センチぐらいはある。これを煮て乾燥を繰り返し、最後は五、六センチのナマコミイラのようなものにする。日本では黒ナマコは酢の物にして食べる程度だが、中国料理にとっては全く別の価値を持っており、料理のときは水で戻して五〜十倍ぐらいにする。やわらかくてうまい！ある人に言わせると中国三大高級料理のひとつということだった。川島清次君の仕事はまさに成功したのである。

けれどその時期とほとんど重複し、中国における黒ナマコの大需要に目をつけた人々（ヤクザの介入がうわさされた）が、資格のない人々には禁漁となる暴挙に出て、海の鼠時代はキロ数百円と言われていたようなものが、その頃になると乾燥ナマコは中国でキロ四十万〜五十万円という信じられない高騰を見せていた。海の鼠はいきなり海の黒ダイヤに変身したのである。このナマコ密漁は新聞にも何度か出ていたので、ぼくは政治君のことをその都度心配していた。そんな思いがけない顚末《てんまつ》を経て、彼のナマコビジネスは今もとりあえず順調であるというから、一安心である。

椎名　誠

本書は、二〇一一年四月に小社より刊行した単行本を文庫化したものです。
本文写真　斎藤　浩（講談社写真部）

|著者| 椎名 誠 1944年生まれ。作家。写真家、映画監督の顔も持ち、幅広く活躍する。'89年に『犬の系譜』で吉川英治文学新人賞、'90年に『アド・バード』で日本SF大賞を受賞した。『岳物語』『わしらは怪しい探険隊』『哀愁の町に霧が降るのだ』『インドでわしも考えた』『埠頭三角暗闇市場』『すばらしい黄金の暗闇世界』など著書多数。インターネット上の文学館「椎名誠 旅する文学館」開館中。
http://www.shiina-tabi-bungakukan.com/bungakukan/

ナマコ
椎名《しいな》 誠《まこと》

2016年7月15日第1刷発行

講談社文庫
定価はカバーに
表示してあります

発行者——鈴木 哲
発行所——株式会社 講談社
東京都文京区音羽2-12-21 〒112-8001
電話 出版 (03) 5395-3510
販売 (03) 5395-5817
業務 (03) 5395-3615
Printed in Japan

デザイン—菊地信義
本文データ制作—講談社デジタル製作
印刷———凸版印刷株式会社
製本———株式会社大進堂

ISBN978-4-06-293428-2

講談社文庫刊行の辞

二十一世紀の到来を目睫に望みながら、われわれはいま、人類史上かつて例を見ない巨大な転換期をむかえようとしている。

世界も、日本も、激動の予兆に対する期待とおののきを内に蔵して、未知の時代に歩み入ろうとしている。このときにあたり、創業の人野間清治の「ナショナル・エデュケイター」への志を現代に甦らせようと意図して、われわれはここに古今の文芸作品はいうまでもなく、ひろく人文・社会・自然の諸科学から東西の名著を網羅する、新しい綜合文庫の発刊を決意した。

激動の転換期はまた断絶の時代である。われわれは戦後二十五年間の出版文化のありかたへの深い反省をこめて、この断絶の時代にあえて人間的な持続を求めようとする。いたずらに浮薄な商業主義のあだ花を追い求めることなく、長期にわたって良書に生命をあたえようとつとめるところにしか、今後の出版文化の真の繁栄はあり得ないと信じるからである。

同時にわれわれはこの綜合文庫の刊行を通じて、人文・社会・自然の諸科学が、結局人間の学にほかならないことを立証しようと願っている。かつて知識とは、「汝自身を知る」ことにつきていた。現代社会の瑣末な情報の氾濫のなかから、力強い知識の源泉を掘り起し、技術文明のただなかに、生きた人間の姿を復活させること。それこそわれわれの切なる希求である。

われわれは権威に盲従せず、俗流に媚びることなく、渾然一体となって日本の「草の根」をかたちづくる若く新しい世代の人々に、心をこめてこの新しい綜合文庫をおくり届けたい。それは知識の泉であるとともに感受性のふるさとであり、もっとも有機的に組織され、社会に開かれた万人のための大学をめざしている。大方の支援と協力を衷心より切望してやまない。

一九七一年七月

野間省一

講談社文庫 最新刊

朝倉宏景 **白球アフロ**
都立高校弱小野球部にアメリカからの転校生が加入。笑ってほろりとさせられる青春小説。

うかみ綾乃 **永遠に、私を閉じこめて**
大阪の街への再訪。忘れ得ぬ記憶。襲い来る壮絶な体験。女流長編官能小説。〈書下ろし〉

木原浩勝 文庫版 **現世《うつしよ》怪談(一)** 主人の帰り
未体験レベルの実話怪談続々。『新耳袋《しんみみぶくろ》』『九十九《つくも》怪談』の著者の新シリーズ、文庫版第一弾。

小泉 凡 **怪談四代記** 〈八雲のいたずら〉
小泉家四代に受け継がれ、今も生き続ける怪談の数々。百年の時を繫ぐ、不思議なエッセイ。

北山猛邦 **猫柳十一弦の失敗** 〈探偵助手五箇条〉
山間の寒村に伝わる因習が悲劇を生む! 女探偵・猫柳は、連続殺人を未然に防げるか?

朽木 祥 **風の靴**
少年たちはヨットで海に出る。湘南を舞台に、きらめくような夏の冒険を描いた感動作!

沢里裕二 **淫具屋半兵衛**
熱き蜜壺を満たす匠《たくみ》の技。張形名人が大名家の秘事に迫る。沢里裕二が放つ艶笑官能!

本城雅人 **スカウト・バトル**
見抜け、相手の本心を! 嘯《うそぶ》け、周囲を騙し抜け! プロ野球スカウトの手に汗握る攻防戦。

はやみねかおる **都会《まち》のトム&ソーヤ(9)** 〈前夜祭 内人《ないと》side〉
2人の男子中学生のアンビリーバブルな冒険は街が舞台。とっておき長編ジュブナイル。

タタツシンイチ 鏡 征爾 **戦国BASARA3** 〈長曾我部元親の章/毛利元就の章〉
英雄アクションゲーム・ノベルついに文庫化! 第3弾は長曾我部元親&毛利元就!

リー・チャイルド 小林宏明 訳 **61時間(上)(下)**
孤高のアウトロー・リーチャーが豪雪の街で麻薬密売組織と対決。人気シリーズ最新邦訳。